中国历朝通俗演义
青少年白话文版 ⑩

清史演义

蔡东藩◎著

王　统　张雅婷◎改编

民主与建设出版社
·北京·

© 民主与建设出版社，2024

图书在版编目（CIP）数据

清史演义 / 蔡东藩著；王统，张雅婷改编. -- 北京：民主与建设出版社，2024.1
（中国历朝通俗演义：青少年白话文版；10）
ISBN 978-7-5139-4447-2

Ⅰ.①清… Ⅱ.①蔡… ②王… ③张… Ⅲ.①章回小说－中国－现代 Ⅳ.①I246.4

中国国家版本馆CIP数据核字（2024）第017704号

清史演义
QINGSHI YANYI

著　　者	蔡东藩
改　　编	王　统　张雅婷
责任编辑	金　弦　唐　睿　宁莲佳
特约策划	任程民　向春婷　罗　双
封面设计	海　凝
出版发行	民主与建设出版社有限责任公司
电　　话	（010）59417749　59419778
社　　址	北京市朝阳区宏泰东街远洋万和南区伍号公馆4层
邮　　编	100102
印　　刷	三河市同力彩印有限公司
版　　次	2024年1月第1版
印　　次	2024年12月第1次印刷
开　　本	880毫米×1230毫米　1/32
印　　张	6.75
字　　数	170千字
书　　号	ISBN 978-7-5139-4447-2
定　　价	699.00元（全11册）

注：如有印、装质量问题，请与出版社联系。

目录
Contents

1. 清朝起源 / 001
2. 努尔哈赤称汗 / 005
3. 努尔哈赤兵败辽东 / 011
4. 袁崇焕增援锦州 / 016
5. 皇太极计除袁崇焕 / 022
6. 吴三桂的倒戈 / 028
7. 大清入主中原 / 033
8. 清军南下 / 038
9. 多情多尔衮 / 042
10. 郑成功对抗清朝 / 046
11. 永历帝南逃被杀 / 051
12. 鳌拜专权 / 058
13. 康熙帝擒鳌拜 / 061
14. 吴三桂造反 / 065
15. 康熙帝平叛 / 070
16. 图海招降王辅臣 / 073
17. 高大节进攻江西 / 076
18. 吴三桂失势 / 079
19. 施琅收复台湾 / 085
20. 康熙帝亲征噶尔丹 / 090
21. 雍正帝登位 / 094
22. 雍正帝的文化专制 / 097
23. 乾隆身世之谜 / 100
24. 中缅战端开启 / 102

25．傅恒降伏缅甸 / 105

26．纪晓岚巧答乾隆帝 / 109

27．嘉庆帝严办和珅 / 112

28．林则徐虎门销烟 / 115

29．鸦片战争的爆发 / 118

30．奕山求和 / 126

31．进攻英军东南沿海 / 133

32．南京条约 / 136

33．徐广缙威慑英军 / 139

34．洪秀全金田起义 / 142

35．曾国藩组建湘军 / 146

36．天津条约的签订 / 150

37．英法联军火烧圆明园 / 153

38．两宫太后垂帘听政 / 156

39．太平天国覆灭 / 159

40．奕䜣惩治安德海 / 162

41．中法战争 / 165

42．醉生梦死的慈禧太后 / 169

43．甲午中日战争 / 173

44．光绪帝维新变法 / 177

45．义和团运动 / 181

46．八国联军侵华 / 184

47．辛丑条约 / 187

48．革命党人的暗杀活动 / 190

49．黄花岗起义 / 194

50．清朝的覆灭 / 197

# 1. 清朝起源

清朝年间，家家户户逢年过节都会在门口贴春联。无论是官宦还是百姓，大多数都会把"帝德乾坤大，皇恩雨露深"这句话写在春联上。人们是否打从心底里感恩戴德，又另当别说。唯一可以确定的是，皇威浩荡，影响着整个中国。

要说到清朝的起源，那又是一个神乎其神的故事。

在辽东地区的鄂多哩，有通古斯族人居住，起初只是一个小村庄，用土垒成城池。他们自称肃慎国国民，在尧舜时期曾经和中原往来密切，史册上记载，帝舜的时候，肃慎国就曾经来进贡过弓箭，可见他们非常善于骑射。到了宋朝时期，族人内出了一位大名鼎鼎的人物，名叫阿骨打，他率领族人反抗压迫，建立起金国，一度攻灭辽国、北宋。后来却惨遭蒙古与南宋联合攻打，被灭国，残存的势力往东北地区迁徙，蛰伏了两百余年才又渐渐兴起。

传说，一个名叫佛库伦的女子和姐妹们在长白山东边布库里山脚下的湖边戏水，忽然间一只喜鹊叼着一颗红色的果子，砸在了佛库伦的衣服上。佛库伦也是个天真的姑娘，张口就把红果吞进了肚子里。不久后，佛库伦竟然怀有身孕，诞下了一个面目喜人的男婴。由于是吃了布库里山的红果才怀上孩子的，佛库伦便给男婴取名为布库里雍顺。

　　这男婴渐渐长大，转眼长到了十多岁。他因为没有父亲，不知道自己的族系，便问母亲自己姓什么。佛库伦想来想去，便告诉男孩，他姓"爱新觉罗"。"爱新觉罗"在当地方言里的意思就是"长白山下居民"。按照汉语来解释的话，"爱新"的意思是金子，"觉罗"就是生僻的姓名。

1. 清朝起源

少年布库里雍顺跟着乡亲们学习了骑马射箭的技能，但是他不愿意一直待在家乡。布库里雍顺于是折柳枝编成了一只筏子。他坐上柳筏，开始了漂流之路。

在长白山东南处，有个叫鄂谟（mó）辉的地方。一个姑娘正在河边洗衣服，突然间看到一个俊朗的少年乘着柳筏顺流而下。姑娘吓了一大跳，赶紧回家告诉自己的家人。姑娘的家人赶到河边，看到这个气定神闲的少年，都以为他是天神下凡。

这个少年正是布库里雍顺。布库里雍顺告诉村民，自己是长白山的仙女所生。村民们不疑有他，争着把布库里雍顺请回家。而一开始见到布库里雍顺的姑娘，也心满意足地和他结为夫妻。

之后，村子里的人把布库里雍顺奉为族长，还称他为贝勒爷。布库里雍顺也并非徒有其表，他带着村民们修建城寨，建造了鄂多哩城，逐渐产生了部落文明。从此以后，布库里雍顺的后代都称爱新觉罗氏。

在当时，明朝的皇帝一统中原，在山海关周围设立了防线。鄂多哩虽然是块依山傍水的宝地，但是由于地理位置偏远，并未受到当时皇帝的重视与管制。因此，鄂多哩的百姓得以开枝散叶。到了明朝中期，有个叫孟特穆的人英勇善战，率领部落的人扩张领土，延伸到长白山北边的赫图阿拉地区。

孟特穆的后代也不断地开辟新领地，到了第五代子孙，继任者叫觉昌安。觉昌安的第四子塔克世，娶了喜塔腊氏，生下了一个了不起的儿子，他就是后来的清朝第一任皇帝——努尔哈赤。

而这时候，明朝驻辽西的总兵李成梁对觉昌安很不放心，联合图伦城主尼堪外兰，一起攻打古埒（liè）城。觉昌安的孙女嫁给了古埒城的阿太章京，阿太章京打不过，连忙请求觉昌安的支援。

觉昌安派出全部的兵力支援古埒城，自己也带着儿子塔克世日夜驻守在那里。一天，尼堪外兰来找觉昌安议和。这尼堪外兰以前是觉昌安的部下，说话十分油嘴滑舌，不仅假装不知道阿太章京和觉昌安的亲戚关系，还哄骗觉昌安说，只要他作为明朝的附属，每年纳贡，朝廷就会封给他官职，协助他一统建州。

觉昌安不疑有他，让阿太章京安排了好酒好菜招待尼堪外兰等人。次日，围困古埒城的军队果然撤走了。觉昌安和阿太章京等人放松戒备，舒舒服服地睡了个好觉。没想到的是，到了半夜，明军突然杀了个回马枪，残忍地杀害了觉昌安等人。

听闻爷爷和父亲的死讯，少年猛将努尔哈赤当即拿出武库里剩下的十五副盔甲整顿军队，率兵攻打图伦城。彼时尼堪外兰正纵情声色，突然间铁蹄声起，外面炮火连天，尼堪外兰看到努尔哈赤军队以一夫当关、万夫莫开的气势攻来，吓得弃城而逃。

努尔哈赤占领图伦城后，写信给明朝总兵，让他们归还自己亲人的尸身，同时交出尼堪外兰。此时明朝正值万历年间，逐渐走向没落，便不得不任命努尔哈赤为建州卫都督，把努尔哈赤亲人的棺木归还给他。偏偏，故意忽略了尼堪外兰。

努尔哈赤也不跟明朝扯嘴皮子，直接率兵来到明朝边境，派人跟新上任的总兵谈话。新总兵怕惹事端，便直接把尼堪外兰五花大绑，献给努尔哈赤。几个兵役将尼堪外兰拖出囚车，拖进兵帐，可怜他只听见一句："你这个骗子！也有今天！"还没回过神来，就被乱刀砍死。

手刃了仇人之后，努尔哈赤便和明朝握手言和，建州努尔哈赤的女真部开始成为明朝的附属。努尔哈赤在这期间不断地吞并周围的部落，慢慢壮大自身的势力。还没等明朝有所提防，叶赫国国主纳林布禄便直接向他下了战书。

2. 努尔哈赤称汗

叶赫国距离努尔哈赤的女真部非常近，就在建州的北部。它和周围的哈达、辉发、乌拉三个部落结成了同盟，并称扈伦四部，明朝政府称其为海西卫。其中叶赫部最强，明朝政府与它互通使节，还送金帛给它，让它帮忙守卫边疆。

叶赫国国主纳林布禄的势力越来越大，仗着自己和明朝政府的关系，打起了建州的主意。纳林布禄先是派人埋了个石碑在建州的地盘，石碑上张狂地写着"灭建州者叶赫"。之后，纳林布禄又写了封战书给努尔哈赤，大言不惭地要求努尔哈赤割让领土给他。不过，努尔哈赤看了战书之后，气得怒发冲冠，将战书撕得粉碎，扔在信使的脸上，怒喝道："我这里的土地寸土寸金，你的主子想要吗？拿头来换我都不会给！"说罢，将信使赶了出去。

这下可好，正中纳林布禄的诡计。纳林布禄正苦于没有借口攻打努尔哈赤，听他这么一说，立刻大怒说："他竟然敢说这种大话，我明天就去灭了他！"底下当差的人听后急忙劝阻说："主子不要生气，更别小瞧了努尔哈赤，那家伙手底下有不少猛将强兵，要想打败他，我看没有那么容易呢。"纳林布禄根本听不进去，这可是他好不容易等来的机会，于是召集各个部落的人马攻打建州。哈达、辉发、乌拉三部，以及长白山下的珠舍哩、讷殷二部，蒙古的科尔

沁、锡伯、卦勒察三部，都发兵相助。凑齐了三万多人之后，纳林布禄便带着军队浩浩荡荡地出发了。等纳林布禄的军队抵达札喀城的时候，发现城上旗帜飘飘，守卫森严，便下令退后三里安营扎寨。到了第二天，探马来报，努尔哈赤率领全部人马已经退到古埒山山脚了。

这古埒山延绵不断，包围了整个札喀城。纳林布禄不明所以，便也没当回事。到了第三天，当他看到努尔哈赤派来的突袭军时，不由得哈哈大笑，嘲讽着说："就凭这些人也敢与我对抗？我看努尔哈赤是死到临头啦！哈哈哈！"原来，这支突袭军不过百来人，而且都是些老弱病残，看起来弱不禁风的样子。

此时，纳林布禄旁边的一名大将跳了出来。这人名叫布塞，是叶赫西城的守将。布塞自告奋勇，大声说道："人人都说努尔哈赤兵强马壮，今天一看，全是吹牛的。你们都好好休息，也不必劳驾主子，我去把他们收拾了！"纳林布禄听了很高兴，大手一挥说道："你去吧！"于是，布塞率领军队追击努尔哈赤的突袭军。这支突袭军也不抵抗，脚底抹油一般逃进了古埒山。

这时，科尔沁部统领明安的军队也跟着追了进来。这两支军队为了争夺功劳，锲而不舍地追着突袭军，一直追到了深山里头。就在两支军队都在寻找突袭军的时候，两侧的树林里钻出一支气势汹汹的军队，而先前逃跑的突袭军也掉头攻打他们。布塞和明安的军队势单力薄，被打得节节败退。

纳林布禄不知道自己的军队已经被打败，正在军营里喝着茶呢。突然间马蹄声震天响，纳林布禄撩开帐帘一看，竟然看到了杀气腾腾的努尔哈赤！

手下的大将布占泰不敌努尔哈赤，被他当场擒拿，纳林布禄吓得绕后逃走，一连跑了几十里。等缓过劲的时候，纳林布禄清点士

刘大刀愈战愈勇

2. 努尔哈赤称汗

兵,发现竟然被努尔哈赤灭了快一半。这时,一位将士哭着跑了过来,跪在地上大哭道:"布塞战死了!军队全军覆没!"纳林布禄听完,也哭了起来,边哭边说:"没想到啊,真是小瞧了努尔哈赤,他竟然如此厉害!"纳林布禄无计可施之下,只能让自己的侄女嫁给努尔哈赤的长子代善,同时将布塞的遗女献给努尔哈赤为妃,通过和亲的方式议和。

但纳林布禄这个人极其狡猾,看到努尔哈赤被安抚之后,转而又把许给建州的侄女嫁去蒙古。努尔哈赤见到纳林布禄这般言而无信,便扬言要攻打叶赫国。明朝政府怕边境大乱,赶紧跳出来和稀泥。

明政府平日里就欺压建州的百姓,现在到了紧要关头,还跟叶赫国互相勾结。努尔哈赤非常生气,干脆自己称王,建立大金国(史称后金),年号为天命,自称"大汗"。大金其实就是大清的前身,努尔哈赤作为清朝太祖高皇帝,后世称其为清太祖。

努尔哈赤建立大金之后可没有闲着,整天操练军队、训练马匹。先前清朝有红、黄、蓝、白四旗,努尔哈赤又设立了镶黄、镶红、镶蓝、镶白四旗,八旗分为左右两翼,兵威日盛。

天命三年(1618年)四月,努尔哈赤让太子皇太极镇守大本营,自己则带着精良的军队出发了。接近明朝边境抚顺的时候,突然有个中原的秀才求见。这人叫范文程,是范仲淹的后代,自愿为努尔哈赤效力。努尔哈赤见其相貌堂堂、谈吐不凡,便封了他做文官,努尔哈赤于是问起抚顺的守将,范文程便说:"这人叫李永芳,没什么本事,打仗嘛,先劝降,如果他投降了,就可以不费一兵一卒拿下抚顺,如果不投降,再打也不迟。"努尔哈赤一听,是这么个道理,于是就按照范文程的建议,把一封招降书射进抚顺城里。

没料到,这总兵李永芳也不作挣扎,膝盖一软、头一磕,竟然直接投降了!范文程立下了大功劳,被努尔哈赤尊称为"范先生"。

抚顺失守，明神宗听说后，连忙派出几路人马抵抗清军，都被训练有素的清军击退了。其中有个耍大刀的辽阳总兵刘綎，英勇善战，顽强抵抗。不料，清朝大贝勒代善带着士兵们假扮成明军，趁其不备砍下了他的项上人头。

明朝政府眼看着明军节节败退，不得已之下派出兵部侍郎熊廷弼，让他代理辽东经略。这熊廷弼也是个有勇有谋之人，他一面加强各个军事要塞的防守，一面安抚战区百姓，经常冒着大雪巡视城池，为了祭奠战死的将士，他还写了一篇祭文，亲自主持祭奠，全军将士听闻，无不落泪。自此，被努尔哈赤搅得天翻地覆的辽沈才算稳定了下来。再加上明朝政府加拨的武器、军队，努尔哈赤再怎么神勇，也攻不下辽东。

这时，努尔哈赤便放弃对明朝的穷追猛打，把目标转向了叶赫国。

# 3. 努尔哈赤兵败辽东

叶赫国前任国主纳林布禄已经去世,现任国主是他的弟弟金台石。努尔哈赤的大军数日间就攻下了叶赫国,直接生擒了金台石。金台石也是个有骨气的人物,临死前骂了努尔哈赤一通,还说叶赫只要有一个人在,就一定会替他们复仇。努尔哈赤不以为意,手起刀落间结束了金台石的性命。

而明朝这边,新皇帝明熹宗很看重宦官魏忠贤,任由其只手遮天。魏忠贤嫉妒熊廷弼的功劳大,使计挤走了熊廷弼,任用书生袁应泰代理辽东经略。袁应泰是个读书人,不擅长领兵作战,不仅取消了许多熊廷弼制定的政策,还收留了逃难的蒙古人,把他们安置在沈阳城里。

没过几天,沈阳总兵贺世贤被清兵杀害,沈阳沦陷。袁应泰一问才知道,原来是沈阳的蒙古间谍给清兵做内应。袁应泰这才意识到大事不好,连忙手刃了几个蒙古叛徒,同时修建城墙、挖通护城河。

可惜清兵来势汹汹,一路过关斩将,连护城河的水都放空了。袁应泰知道因为自己的一时仁慈,酿成如此大祸,悲愤之下自杀了。一旁的巡按御史张铨看到袁应泰如此忠诚,也跟着上吊自杀。努尔哈赤的士兵发现了悬梁自尽的二人,便把他们抬到努尔哈赤跟前。努尔哈赤一看二人,惊呼:"这是两个大忠臣啊!"话刚落地,发

现张铨眼睛动了动,看来还有一口气在,急忙给他灌姜汤,救活了张铨。

张铨醒来,发现跟前站着的头目,想着应该是努尔哈赤,于是就问:"为什么不杀我?"

努尔哈赤惋惜地说道:"你是个忠臣,我不忍心杀你。"

张铨却冷冷地说道:"我生是大明的臣子,死是大明的鬼魂。我不会投降的,别白费力气了。"

努尔哈赤听完,更不舍得杀他了,就把他放了,没想到张铨回去后辞别老母,安排好后事,竟然又自缢了。努尔哈赤没办法,只好将他好好安葬。

沈阳沦陷后,附近的部落、城池担心殃及自身,一个接一个地投降。前线战况传回朝堂,明政府又回想起熊廷弼的好,连忙请他重新出山。熊廷弼也不计前嫌,积极上疏进谏,要求让陆军镇守广宁,让海军镇守天津和登莱。明熹宗大袖一挥,逐一应允。

等熊廷弼到了广宁,辽东总兵王化贞前来迎接,两人在战略方针上出现了巨大的分歧。王化贞想要分散兵力防守,熊廷弼又坚持固守广宁。两两相争之下,王化贞和熊廷弼都写信给明政府,结果明政府同意了熊廷弼的策略。

没过几天,辽阳传来消息,镇江堡已经被攻下。王化贞非常高兴,打算乘胜追击,可熊廷弼不同意。王化贞便自己给明政府写了一封信。明政府派使者告诉王化贞,说一切依照他的想法去做。

就这样,王化贞带着十四万的军队,浩浩荡荡地出发了。熊廷弼则带着他的五千来个士兵,继续镇守广宁。熊廷弼心里十分不痛快,写了好几封信给明政府,没想到明政府一概不理。熊廷弼手上没有实权,正当他想辞职不干的时候,王化贞那边传来了战败的消息。

3. 努尔哈赤兵败辽东

原来，王化贞的军队一开始气势汹汹，几次出兵，前进了几十里都没发现清兵。这样平稳地过了一年，等到明熹宗天启二年（1622年），忽然传来清军攻城的消息。王化贞连忙率兵前去攻打，不料自己倚仗的心腹孙得功临阵倒戈，不仅按兵不动，还做了努尔哈赤的内应。王化贞的军队军心大乱，被努尔哈赤打得溃不成军。王化贞本人眼看着局势不对，也不得不及时逃跑。

王化贞战败，对于熊廷弼而言是个好消息。他马上带着手下的士兵，赶去接应兵败逃亡的王化贞。王化贞此时老脸丢尽，再也没有先前的嚣张气焰，一副任由熊廷弼指挥的恭维态度。

熊廷弼没时间追究王化贞，兵败已成事实，当务之急是安顿辽东的百姓。他安排士兵护送百姓进入山海关，又让人烧了遗留下来的物资。事情还没处理完，明政府就以办事不力为由，撤了这两人的职务。

新上任的兵部尚书孙承宗擅长军事，一上任就提出了不少的问题和改进意见。后来他亲临前线，待在辽东的四年里，孙承宗积极操练军队、加固边防，给辽东修筑了一个强有力的"金钟罩"。

可惜的是，宦官魏忠贤眼看着贿赂巴结孙承宗不成，反被孙承宗举报，便心生罅（xià）隙。魏忠贤找着机会便诬陷孙承宗。孙承宗也是个一根筋的人，气得直接辞职。魏忠贤一连赶跑两位抗敌将领，又安排一个叫高第的人上任。

新任辽东经略高第刚上任，直接把驻守边防的士兵全撤了。此时的清朝已经定都沈阳，还把沈阳改名为盛京。努尔哈赤看到明朝边防无人，便直接率兵来到宁远城。镇守宁远城的是东莞人袁崇焕，他硬气地拒绝了清兵的招降要求。当时，努尔哈赤远远看到袁崇焕金盔耀眼，铁甲闪闪发光，浑身透着一股杀气，心里很是佩服袁崇焕的威严。努尔哈赤身旁的贝勒扯着嗓子问："你是守城的将军吗？

报上你的姓名来!"

袁崇焕冷笑道:"我是袁崇焕,东莞人!"

贝勒又喊:"赶紧投降吧!关外的地方早都是我们的了,你守着一个区区的宁远城,有什么用呢?不如早点投降,高官厚禄少不了你的!"

袁崇焕骂道:"你们这些鞑子,犯我边境,本来就是无耻至极,现在还有脸让我投降?我奉天子的命令守城!死也不投降!"

说罢,袁崇焕指挥弓箭手朝努尔哈赤的军队射箭,努尔哈赤赶紧勒马撤回寨子。回去后,众位贝勒很不服气,请求立刻进攻。努尔哈赤制止了众人,说道:"这个袁崇焕不是好惹的,我们先休养一天,明日再进攻也不迟!"

袁崇焕这边也没闲着,他集合军队,哭着跟众将士立誓,誓死守卫城池。

次日,宁远城下,清兵来势凶猛,想尽各种办法攻城,有爬云梯的、有凿城的。袁崇焕看到寡不敌众,干脆拿出了自己的秘密武器——大炮。这大炮是外国人研究出来的热兵器,大炮一轰,清兵直接被炸飞。

太祖努尔哈赤原本一直战无不胜,可血肉之躯抵抗不了威力巨大的炮火,这种大炮是西洋人造的,威力十分巨大。一些来自闽地的士兵会打这种炮,他们按照袁崇焕的命令,将炮管对准努尔哈赤的军队,一阵轰鸣,可怜那些士兵都被炸得随弹飞舞。一些士兵见状不对,赶紧就跑,腿长的自然是逃掉了,腿短的就没那么好的运气了。先前还鼓捣努尔哈赤进攻的贝勒们这下傻眼了,纷纷要求退兵。努尔哈赤心有不甘,但也没办法再进攻,只好答应了他们。回到沈阳后,努尔哈赤清点自己的军队,发现这一战就丧失了数千将士,忍不住叹息说:"我从二十五岁开始征战沙场,一路走来战无

3. 努尔哈赤兵败辽东

不胜,没想到今天却栽在这个叫袁崇焕的家伙手里。"

没过多久,努尔哈赤怒火攻心,积忧成疾,于天命十一年(1626年)八月去世了。

这个时候,皇太极继位,清太宗的时代到来了。

4. 袁崇焕增援锦州

清太祖努尔哈赤死了。袁崇焕一反常态，派出一个喇嘛去吊丧。清人信仰佛教，因此这个喇嘛一路上畅通无阻。等到了太宗皇太极的面前，喇嘛把袁崇焕的信件交给他。皇太极展信来读，发现袁崇焕似乎有冰释前嫌、议和修好的意思。

但皇太极认为袁崇焕的信件不够真诚，便回信讽刺，双方你来我往地写了好几封信。就在袁崇焕打算退一步的时候，却忽然传来东江被清军入侵的消息。而朝鲜那边也发来求助，原来他们也被清军攻打了。

朝鲜是明朝的藩属国，每年都向明朝朝贡。先前朝鲜帮助明朝攻打清军，战败后士兵大多被俘虏，后来被努尔哈赤好心放走了十多个朝鲜将领。但努尔哈赤去世的时候，朝鲜没有派人前来吊唁，皇太极便以此为借口，趁机报复朝鲜。

攻打东江，是皇太极声东击西的战略，他分出大批人马攻打朝鲜，小部分军队在东江牵制袁崇焕。如此一来，袁崇焕便顾不得朝鲜的求助，忙着抵抗侵略东江的清军。

二贝勒阿敏作为总指挥，在攻打朝鲜期间，烧杀抢掠、残害百姓。朝鲜国王不得已之下，送了不少珍宝给阿敏，还答应跟清朝签订不平等条约来换取和平。

4. 袁崇焕增援锦州

征服朝鲜之后,皇太极亲自率兵进攻明朝。他派出一支军队,混入明兵俘虏之中,假装是明朝逃兵。这批"伪装者"来到锦州的城门下,自称是逃兵,让镇守锦州的赵率教开门。可惜被赵率教看穿了,乱箭齐发赶走了他们。

但是锦州的兵力不足,赵率教想了个办法,让人写了一封议和书信,以钦差纪用的名义送出。皇太极不疑有他,但是坚持要纪用

本人来议和。一连三日，见纪用迟迟不肯动身，皇太极才突然意识到，这是赵率教的缓兵之计，当即率兵攻打锦州。

可这时，袁崇焕的援兵已经来了，和清兵打得难分输赢。皇太极也叫来援兵，让他们继续进攻锦州，自己则趁其不备偷袭宁远。没想到，皇太极搞偷袭，袁崇焕也未卜先知，早就设下了埋伏。皇太极虽然行事谨慎，但还是被袁军左右夹击，一连后撤好几里才敢停下来。

在路过锦州的时候，皇太极还不忘骚扰一下锦州，派走在队伍后面的军队猛攻一番，以此警告他们别追过来。袁崇焕怕清军有诈，也不敢乘胜追击。

袁崇焕打了场漂亮的胜仗，美滋滋地把消息报给朝廷。可令他没想到的是，朝廷听信了魏忠贤的谗言，竟然认为他没援助锦州，不论功行赏不说，反而要治罪于他。袁崇焕一气之下，马上上疏辞职。

听到这个消息，最开心的莫过于皇太极。原本他就忌惮袁崇焕这个对手，袁崇焕一辞职，皇太极觉得明朝没有一个能打的。可惜皇太极本人兴致勃勃，但他的军队却被袁崇焕重创，需要休整一段时间。

一年后，当皇太极整顿好军马，雄赳赳、气昂昂地准备出发时，却忽然听到袁崇焕官复原职的消息。原来，这个时候明熹宗已经驾崩，明思宗继位，也就是崇祯帝。宦官魏忠贤不久后畏罪自杀了，袁崇焕没了小人挡道，当即走马上任。

袁崇焕向明思宗承诺，五年之内一定会收复失地，前提是户部、工部、吏部、兵部在军饷、兵器发放，以及人才输送方面要及时配合。此时的明朝到了后期，俨然一副风雨飘摇的姿态。明思宗只知道满口答应，还封了袁崇焕做兵部尚书。袁崇焕手握大权，倒也没有辜负明思宗的期盼，上任的第一年，便在关内外的要塞大兴土木，

4. 袁崇焕增援锦州

修建了不少的城池堡垒。

在这期间，最郁闷的就是皇太极。正当他一筹莫展之际，忽然来了两个明朝的将军，自称是来投降的。这两人一个叫孔有德，一个叫耿（gěng）仲明。他们自称是东江镇守毛文龙的义子，因为毛文龙被袁崇焕杀害了，便想着投靠皇太极报仇。这二人之前的确是毛文龙的部下，当时袁崇焕奉命督战蓟辽，毛文龙盘踞在东江一带，因为担心毛文龙不听命令，于是就假借着阅兵的名义将毛文龙骗到跟前。毛文龙见了袁崇焕后语气傲慢，态度十分跋扈，袁崇焕却更加尊重他，引他出去阅兵，并在帐下埋伏了刀斧手，待毛文龙一到，刀斧手们立刻将他拿下。

袁崇焕一改谦恭的态度，拿出尚方宝剑，历数毛文龙的十二大罪状，将他斩首。

孔、耿二人除了是毛文龙的部下，还是他的义子。义父被杀，两个人都很害怕，于是就逃到了建州。

皇太极听完他们的哭诉，忍不住问道："这么一说，你们是真心投降？"

二人立刻发誓说："如果是假的，就让老天爷杀死我们！"

皇太极听罢，喜上眉梢，他正犯愁该怎么进攻中原呢，就有这二人献上了良策。皇太极于是笑着问："你们两个愿意做向导吗？"二人自然是愿意。这时皇太极身旁忽然闪出一位将军，正是多尔衮，多尔衮上下打量着孔、耿二人，眼神里全是怀疑，喃喃地说道："你们来归顺我们，那叫识时务者为俊杰，就是不知道你们二人逃跑的时候，有没有被发现呢？"二人立刻齐声说："我们是偷偷跑的，别说朝廷里没人知道，就是袁崇焕都未必知道。"

多尔衮听罢，马上说："那就请你们赶紧回登州。"

二人愣在原地，好不容易逃出来，怎么又让回去呢？一旁的皇太极也有些不解,便问多尔衮:"我要他二人给我当向导,你倒好,让他们赶紧回去。"

多尔衮不慌不忙地回答说:"我们要是攻打明军,一两个月肯定打不完,到时候袁崇焕就会让二人协同作战,他们便可以阳奉阴违,不去协助袁崇焕,而且还能给我们通风报信,所以让他们回去的好处多着呢。"

皇太极听完多尔衮的建议,觉着确实有道理,可是向导的事情也不能耽误,于是便忧心忡忡地说:"这主意的确好,可是没向导这事怎么办呢?"

多尔衮早有准备,随即说道:"蒙古的科尔沁部可以做向导,从前他们经常给明廷上贡,走的就是这条路,他们已经归顺了我们,我们可以在他们中找一个认得路的来当向导。"

皇太极听了,对这个处理方式很满意,高兴地对孔、耿二人说道:"这是我的皇弟,名叫多尔衮,你们看他出的主意大概也猜到了,我这位皇弟足智多谋,办事从来都是滴水不漏,你们就听他的吧,赶紧回去,将来立了功劳,少不了你们的赏赐。"

二人一听,只好回去做内应。

其实,这也是多尔衮不信任他们,所以才出此主意,想要再试探一下二人是否真心归顺。

清 5. 皇太极计除袁崇焕

明崇祯二年，清天聪三年（1629年）十月，在蒙古人的带领下，皇太极率兵来到龙井关。镇守关口的几百名士兵纷纷逃窜，使得清军轻松地进了关。进入龙井关后，清军兵分两路，一路攻打大安口，一路攻打洪山口。明朝的边防重心放在山海关，这两地的防守力量很薄弱。

因此，清军轻轻松松地就打到了遵义。明朝一看，大事不妙，赶紧下诏各地派兵勤王。袁崇焕接到旨意，立即派遣赵率教、满桂率先领兵前往支援。赵率教的军队寡不敌众，很快便被清军团团包围。但是这群士兵忠肝义胆，死死支撑、拼命厮杀，硬是杀出一条通往三屯营城门的血路。可镇守城池的将领朱国彦担心会殃及自身，不敢给赵率教开门，更别说派兵支援了。走投无路之下，赵率教挥刀自尽。

清军战无不胜，一直打到明朝首都北京。这时全国各地的援军大多已赶到。皇太极听说袁崇焕也来了，立马打起十二分的精神，想方设法地铲除他。他派出一支军队去偷袭，被打得鼻青脸肿地回来了。

这时，范文程提出可以使用离间计。皇太极依照范文程的计策，先是写了两封议和信送到德胜门和永定门。明思宗获知，派出两个

5. 皇太极计除袁崇焕

亲近太监出城查看，结果这两人被埋伏的清军抓了。

清军营里，看守两个太监的是一个汉人叫高鸿中，一副十分热情的样子，好酒好肉地招待两位太监，使他们放松警惕。而高鸿中自己则假装喝醉，和别人交谈时提到袁崇焕已经议和了。两个太监找着机会，连忙逃回京城向明思宗告密。

明思宗本来就对袁崇焕擅杀毛文龙有些不满，再一听太监们说他竟要偷偷议和，顿时疑心四起，召见袁崇焕当面对质，并令锦衣卫将他投入大狱。

袁崇焕一下狱，军中祖大寿等人便十分生气，率领军队跑回了山海关。

皇太极收到消息，派人继续攻打京城。失去猛将之后，明朝不敌清军，节节败退。眼看着就要攻下京城之际，皇太极忽然下令撤军。

不单是明思宗不理解，就连几个贝勒也强烈反对。皇太极却认为，他们已经折损了太多兵力，即便是攻下京城，也不能守住。与其进攻，不如到处抢劫一空。百姓没钱了，明朝自然会乱。

天聪十年（1636年），皇太极在盛京自封为"宽温仁圣皇帝"，改国号为大清，天聪十年改成崇德元年，建立起清朝。皇太极称帝时，周边的小国纷纷见风使舵，俯首称臣，只有朝鲜拒不跪拜，并且直接退回清太宗遣史送的斥责书。

皇太极怀疑朝鲜和明朝藕断丝连，又集结一批精锐部队，直接杀到了朝鲜的首都。朝鲜举国动荡，朝鲜国王李倧不得不连连写信求饶。皇太极此番攻打朝鲜，主要还是以警告为主，他看到朝鲜国王诚恳求和之后，便下令撤兵。

撤兵之前，皇太极对朝鲜国王提出几点要求，总体来说是让朝鲜做大清的附属国。对于朝鲜来说，归顺大清的好处，就是大清承诺保障朝鲜的领土完整。为了避免朝鲜出尔反尔，皇太极还把朝鲜

江華島口
清軍獲勝

5. 皇太极计除袁崇焕

国王的长子和次子带走当人质。

解决好朝鲜的问题，皇太极终于开始对明朝的根基动手。清兵入关，气势浩浩荡荡，一路上几乎战无不胜。前总督孙承宗近耄耋（miào dié）之年，带着数位子孙奋勇抗战。孙承宗势单力薄，不甘心做大清的阶下囚，直接服毒自尽了。而孙承宗的子孙们殊死搏斗，最后孙家数百号人也尽数牺牲。

眼看着清兵步步紧逼，兵部尚书杨嗣昌连忙让山西总督卢象昇镇守京城。这时候，明思宗已经有议和的心思，安排高起潜、杨嗣昌、卢象昇三人负责此事。但卢象昇主战，坚决反对议和，还与另外两人各分兵权，誓死抗敌。

明思宗只好另外安排卢象昇率领山西兵抗清。可惜卢象昇手底下只有两万人不到，清兵又来势汹汹，涿州很快便沦陷了。而此时，杨嗣昌借机扣押军饷，还向明思宗弹劾卢象昇。

卢象昇的军队饿了几天，高起潜的援兵又迟迟不到，他明白这是两人合伙围困自己。卢象昇知道自己必死无疑，便朝追随自己的士兵拜了拜，说道："我和你们一起蒙受国恩，生死早就置之度外。"士兵们一听，也知道此行凶多吉少，再一看主帅如此豪壮，便全都被感动得哭了起来。

卢象昇率领军队出城到了巨鹿，清点手下士兵，只剩下五千名。随行的参赞主事杨廷麟说："这里距离高总监大营很近，只有五十里，要不我去乞求他增援我们！怎么样？"

卢象昇叹息着说："他想要我死，怎么可能增援我。"

杨廷麟还不死心，又说："我去试试吧。"

卢象昇便答应了他。临别的时候，卢象昇拉着杨廷麟的手，和他生死诀别，哭着说："死在刑场当然不如战死沙场！我将要以死报国。"

5. 皇太极计除袁崇焕

等杨廷麟走了有一天的时间,卢象昇依然没等到援兵,便对士兵们说道:"杨廷麟没有辜负我,辜负我的人是高太监,我死了没有关系,只要能在战场上多杀几个敌人就够本了!"说完,率领军队出击。皇太极的军队随即将卢象昇的五千兵马团团围住,卢象昇临危不惧,将五千人分成三支队伍,与皇太极的军队死斗!清兵十次围攻,竟然次次被卢军击退。

眼看着兄弟们饿得前胸贴后背,卢象昇不得不感叹自己内不能除奸佞,外不能御强敌。在弹尽粮绝之际,清兵又发起进攻。卢象昇至死不肯投降,葬身血泊中。

卢象昇在上战场之前,还在为父亲守孝,却被杨嗣昌强迫去打仗。卢象昇的遗体被找到的时候,一身孝服已经被鲜血染红。

 清 | **6. 吴三桂的倒戈**

清兵接连打了几场胜仗，本应是乘胜追击之际，没想到皇太极突然生了场大病。临终前，皇太极把郑亲王济尔哈朗和睿亲王多尔衮叫到跟前，让他们照顾好太子福临和庄妃。济尔哈朗拟好遗诏，皇太极看了一眼后就一命呜呼了。

在多尔衮辅佐顺治帝福临期间，宫里有不少的风言风语，说孝庄太后和摄政王多尔衮勾结在一起，连济尔哈朗也开始怀疑起这两人。正好这时候吴三桂镇守宁远，多尔衮便让孝庄太后安排济尔哈朗去攻打宁远。

宁远有吴三桂驻守，是块难啃的硬骨头。济尔哈朗也明白这是多尔衮对自己的警告，在宁远城周围溜达了一圈，便回去了。此后，再也没人敢说多尔衮和孝庄太后的闲言碎语。

不久后，明朝兴起农民运动，闯王李自成攻下京城，自封为皇帝，建国号"大顺"。范文程等人纷纷劝说多尔衮出兵，但都被多尔衮一一拒绝了。原来，多尔衮心系孝庄太后，不愿意离开盛京。孝庄太后知道了这事，又是一番好言相劝，这才哄得多尔衮南征中原。

多尔衮临走前，又干了一件事。清太宗的大儿子豪格，一直和多尔衮不对付，多尔衮担心自己一走，豪格就会夺取自己的势力。多尔衮于是和几个人联名弹劾豪格，说他乱言祸国，不仅削去他的

6. 吴三桂的倒戈

爵位,还关了他禁闭。干完这事,多尔衮才心满意足地出发。

而吴三桂这边,他原本是明朝总兵,获封平西伯,受命驻守宁远。现在明朝首都被占领,连皇帝明思宗都自尽了,他一时间举棋不定。这时候,中原传来吴三桂家人被李自成抓走的消息,吴三桂非常愤怒,要和李自成拼死一搏。

吴三桂刚进关,投降了李自成的唐通就来了。唐通带上银两和吴三桂亲爹的信件,劝说吴三桂投降。唐通此番前来,一是收买,二是威胁。吴三桂想了想,皇帝不能死而复生,自己放弃亲爹就是不孝。于是,吴三桂把山海关的守关御敌一事交接给李自成派来的人,自己带了几千精兵前往燕京。

当吴三桂刚到滦州的时候,另一个噩耗又传来了——姨太太陈圆圆被李自成劫走了。这陈圆圆以前是玉峰的歌姬,能歌善舞,也精通琴棋书画,深受吴三桂的宠爱。现如今美人被夺,吴三桂气得直接率兵回到山海关,赶跑了李自成的兵,决心消灭李自成,夺回陈圆圆。

李自成得知后,便亲自率领二十万士兵,准备攻打吴三桂。而多尔衮也带着十万人,即将围攻宁远。吴三桂权衡了一下,发现他只有投降这唯一一个选项。他十分痛恨李自成的夺妾之仇,便不假思索地投奔了多尔衮。

吴三桂到了多尔衮的军帐中,看见一个人威风凛凛地坐在正中央,当即扑在地上跪拜。多尔衮起身将吴三桂扶起来,请他坐下。吴三桂当场哭起来,一边说李闯王不讲道义,一边说他逼死了旧主,一边又说自己全家被掳走。

多尔衮听罢,大声说道:"太可恨了!等我给你报仇雪恨!"

吴三桂急忙接话,说道:"王爷这么仗义,为我报仇,我的心也是肉做的,以后定不辜负王爷!"

多尔衮说:"等打下中原,到时候封你为王!"

多尔衮当即将多铎(duó)和阿济格喊进来,让两个人认识认识,然后说:"你们两个各带兵五千,去杀贼军!"

就这样,多尔衮接纳了吴三桂,并要求吴三桂先抵御李自成的

6. 吴三桂的倒戈

兵，打不过了清兵再出马。吴三桂本来就跟李自成势不两立，当即答应了。见李自成来到，吴三桂怒从心起，和他从白天打到黑夜。

这时候，李自成安排的突袭军从东南角杀了过来。正当吴三桂心惊胆跳之际，定睛一看，东北角有红、黄、蓝、白四旗飘荡，这不正是大清的援兵吗？此时的多尔衮，就像天神降临一般，及时地出现在吴三桂面前。当天晚上，吴三桂率领五百精兵冲出一条血路，来到清营中与多尔衮相见。

第二天，吴三桂主动打前锋，却被李自成团团围住。就在李自成以为势在必得的时候，突然从各个角落跑出大批的清兵，把李自成的军队杀了个片甲不留。李自成连爬带滚地逃跑了，他手底下的士兵也一个跑得比一个快。

进了关之后，多尔衮命令所有人剃发。吴三桂为了表明忠心，第一个剃了发。

吴三桂并没有就此偃旗息鼓，他追着李自成的军队，一路追到了京城。李自成敌不过他这股疯劲，几次派人求和，都被吴三桂拒绝了。等吴三桂兵临城下，李自成让人绑着吴三桂的三十多个亲人上城墙。

吴三桂骑着马来到城下，忽然听到自己爹娘的声音，抬头一看，发现他们被捆绑着，戴着刑具站在城墙上。李自成以吴三桂亲人的性命为要挟，逼迫吴三桂退兵。可惜吴三桂已经杀红了眼，无视李自成的威胁不说，还扬言如果李自成杀他全家，他就把李自成的皮给扒了。

话音刚落，李自成就命人杀了吴三桂的爹娘和妻子，将他们的脑袋抛下城来。吴三桂心中一阵悲痛，对李自成的恨意更深。此时，清兵也到了，吴三桂联合清兵杀入京城内，一心想要取李自成的首级。

这李自成走投无路,将宫中财宝搜刮一空后便溜之大吉,走之前还不忘放一把火。清兵们一进城,先是忙着扑火。吴三桂倒也想追杀李自成,但是多尔衮担心李自成绝地反击,便阻止吴三桂追击。

吴三桂对李自成恨得牙痒痒,却也不得不偃旗息鼓。眼下,他还有另外一件重要的事情——找到陈圆圆。

# 7. 大清入主中原

先前李自成把陈圆圆掳走，本是垂涎其美色。没想到的是，陈圆圆也非等闲之辈，她知道李自成在京城的统治不会长久，便想方设法地跟李自成周旋，诉说与吴三桂的感情。陈圆圆劝说李自成拿自己当人质要挟吴三桂，才能让吴三桂为他所用。

李自成也不是个糊涂蛋，他知道陈圆圆的建议对自己百利而无一害，加上家里的妻妾都十分不待见陈圆圆，李自成便只把她软禁。李自成带家眷跑路的时候，连陈圆圆也顾不上，便直接走了。

陈圆圆趁着京城大乱之际，花钱找了户可靠的人家住下。听说吴三桂到了京城之后，陈圆圆赶紧给吴三桂写信。吴三桂收到陈圆圆的信，知道娇滴滴的美人失而复得，心中的阴霾顿时一扫而空。

可这时，吴三桂的双亲刚被李自成杀害，吴三桂披麻戴孝，守了几天的孝。因为多尔衮力荐吴三桂当王爷，吴三桂当即又穿着孝服接受众人的祝贺。

多尔衮入京后，将京中一切事务都交给范文程和洪承畴打理。范文程就不必说了，自清太祖时期就追随在旁，是个足智多谋的人。这洪承畴先前是明朝的猛将，在跟皇太极正面对抗的过程中被打败了，后来经孝庄太后劝说，逐渐投靠了清朝。

眼下，多尔衮进京，京城百废待兴。这两人积极地出谋划策，

合力写了两份告示。一份是说叛军已经被他们清除了,让老百姓不用再担惊受怕。另一份是悼念明思宗,说明朝覆灭了,大清王朝会好好治理国家。这两份告示分量很重,起到了安抚百姓的作用。

但是,明朝余党可不这么想。尤其是福王朱由崧(sōng),竟

7. 大清入主中原

然直接在南京称帝，改年号为弘光。多尔衮听说负责扬州政务的是原兵部尚书史可法，史可法的弟弟和洪承畴相识，便让洪承畴安排史可法的弟弟写招降信。多尔衮本人也写了封亲笔信，派降臣韩拱（gǒng）薇等人送给史可法。

史可法迟迟没有回信，多尔衮又因为要处理其他大事，便暂时把这件事搁置了下来。多尔衮要处理的大事，就是顺治帝的进京。顺治帝是第一位入主中原的清朝皇帝，他一来北京，整个清朝皇室都浩浩荡荡地跟着来了，甚至包括原本被革职的肃亲王豪格。年纪轻轻的顺治帝被人簇拥在其中，那场面好不风光。

等安顿好顺治帝之后，多尔衮刚想歇一口气，史可法的回信就到了。除了回信，还有十万两白金、万匹丝绸。史可法回信上写着，这些钱是犒劳大将军吴三桂和清军的，感谢他们为明朝剿除反贼李自成，但是如果清军不撤离北京，他们一定会大战一场。

多尔衮看完了信，怒火攻心。但洪承畴却不以为然，他认为福王任用马士英、阮大铖（chéng）两个大奸臣，国运并不会长久。但多尔衮担心有个万一，还是决定出兵南下。

这时候，清兵忽然发来捷报，说已经收复了西安。原来，李自成从京城逃到西安，占城为王。奈何清兵训练有素，三下五除二便歼灭了李自成的军队。李自成剩下几百个虾兵蟹将，十分不服气，又在西安放火烧城，然后才仓皇而逃。

多尔衮一面安排靖远大将军阿济格追击李自成，一面派定国大将军多铎整顿军队准备南下。史可法收到消息，主动提出要去镇守淮州、扬州两个地方，派高杰、黄得功等人镇守其他地区。但手底下的几个总兵根本不听史可法的指挥，整日花天酒地。

这是因为上梁不正下梁歪，统领马士英也沉迷美色。先前，马士英不顾史可法的反对，拥护胸无大志的福王当皇帝。等史可法劝

说皇帝收复失地的时候,马士英又第一个跳出来拒绝。

南京政府乌烟瘴气,但清兵那边却踌躇满志。多铎率兵南下,兵分三路攻打明军。军队往河南进发,河南的老将都被马士英调走了,清军轻轻松松地攻下河南。史可法知道了此事,急忙派出高杰到徐州阻截清兵。

此时,河南府已经被攻下,高杰只好驻守在归德。为了与睢州总兵许定国联手御敌,高杰来到睢州。没想到的是,许定国早就私底下投降了清军。明面上,许定国好酒好肉地招待高杰。酒过三巡之后,咔嚓一声,高杰的脑袋被许定国斩落在地。

归德随即失守,史可法刚安排高杰的外甥李本深接替职位,又听说了左良玉谋反的消息。这左良玉是驻守武昌的宁南侯,在战场上立下显赫功名。可惜的是,马士英和他不对付,隔三岔五地来找碴。左良玉也不是缩头乌龟,忍无可忍之下,直接起兵谋反了。

南京四面楚歌,史可法无奈之下回到了扬州。清兵杀到扬州,劝说史可法投降,却被史可法义正词严地拒绝了。虽然清兵攻不下扬州,但是没援兵,史可法也撑不了多长时间。

这时候,有人提议把淮河挖个口子,让河水灌进清兵的军营里。史可法怜悯百姓,断然拒绝了。在武器用完之后,史可法冲出城外,壮烈牺牲。

7. 大清入主中原

 清 | 8. 清军南下

得知扬州被攻占之后，马士英又派了几名将领去抵抗清兵，结果他们都贪生怕死，落败而逃。等到清兵打到镇江，弘光皇帝连忙带着自己的妃子们逃到芜湖，连太后都顾不上了。马士英只好带着几千的士兵，护送太后和其他皇亲国戚逃难。

皇帝一跑，南京城也守不住了，南京总督赵之龙双膝一跪，直接投降了。多铎倒也没像在扬州时那样血腥屠杀，高高兴兴地招降了赵之龙。

收下南京之后，多铎又派人追赶弘光皇帝。这时明朝的刘良佐碰上清兵，他也是英雄气短，直接原地投降。刘良佐还当起了前锋，率兵前往芜湖。

此时，压力最大的莫过于芜湖的黄得功，眨眼间，其他地方的总兵死的死，降的降，连皇帝都躲到了自己的地盘上寻求庇护。黄得功一个头两个大，但也不得不答应保护好弘光皇帝和他的爱妃们。

但是清兵本就实力强大，加上刘良佐急于表现自己，黄得功没多会儿便一命呜呼了。芜湖总兵田雄看到黄得功被杀，马上绑了弘光皇帝和他的爱妃送给清兵。弘光皇帝被抓，明朝南京政府也不复存在。

江南平定下来后，苏州、松江等地区陆陆续续投降，起义军的

8. 清军南下

问题也轻松解决了。原来,李自成逃到武昌之后为非作歹,被当地老百姓挥刀砍死。这些好消息传到清宫里,多尔衮心中大喜,便决定安排武将们回朝休养生息。

阿济格和多铎见到多尔衮,都领了丰厚的赏赐。豪格也上了战场,但他像是被打入冷宫一样,根本不受多尔衮的待见。多尔衮不但不想赏赐他,还想找个机会把他除掉。

这时,多尔衮却又收到消息,说是鲁王朱以海在绍兴称监国,唐王朱聿键在福建称帝。而这两位临时皇帝手底下的武将们,像雨后春笋一样冒了出来,接连率兵攻打清兵。

多尔衮和范文程、洪承畴等人商量了一番,最终决定让洪承畴率兵攻打江南一带,让贝勒爷勒克德浑和都统叶臣镇守江南。隔天,清政府颁布了一个通告,要求全体百姓、官员更改发型、服装。如果有不愿意剃发的,一经发现直接砍头。这时候,江南使臣左懋(mào)第还被软禁在京城里,他的随员剃了头,被左懋第打死了。

这事情被多尔衮知道,他安排左懋第的堂兄左懋泰当说客。左懋第一见到脑门光溜溜的左懋泰,当即把他赶了出去,还直言和他断绝兄弟关系。多尔衮亲自找到左懋第,让左懋第跪下听审。可左懋第坚持不跪,还义正词严地把多尔衮大骂了一顿,气得多尔衮当即下令处死他。

这时贝勒爷勒克德浑那边频频传来好消息,说是南下的时候,凡是明朝官员所在的地盘,大多数都投降了。勒克德浑便任用这些汉人武将,让他们打前锋。到了嘉定之后,侯峒曾、黄淳耀两位官员不肯投降,清兵打了好几天都攻不下来。

降臣李成栋便搬来几尊大炮,昼夜不停地轰炸城墙。城墙倒塌之后,侯峒曾、黄淳耀不肯被清兵俘虏,先后自杀。李成栋带着士兵冲进城里,见人就杀,一连屠杀了三天三夜。直到勒克德浑调李

弘光帝與愛妃被俘

成栋到松江，这场悲剧才终结。

　　刽子手李成栋到了松江，安排士兵们穿上汉服，假装是援军队伍。松江总兵沈犹龙不疑有他，马上打开了城门。结果这批人进了城之后，到处杀人，就连沈犹龙也死在乱箭之下。打下松江之后，

8. 清军南下

李成栋又来到了江阴。

江阴有个故典史阎应元,他熟读兵法,带头抗清。先前,降臣刘良佐打过江阴,但是禁不住城门上的士兵放毒箭和火药,打了好几天都没有攻下,反而折损了不少的士兵。刘良佐心生一计,让人用牛皮做成帐篷,士兵们顶着牛皮帐篷挖城脚。

可是阎应元也不是吃素的,他让人扔石头、洒热桐油,弄坏了牛皮帐篷。正当刘良佐无计可施的时候,刽子手李成栋来了。李成栋先是一番例行劝降,见阎应元不肯就范,便让人用几十尊大炮轰炸城墙,加上连日大雨冲刷,城墙很快便倒塌了。明军不敌清兵,阎应元也英勇牺牲了。而江阴城的百姓,竟无一投降,大部分死在李成栋的刀下。城外死亡七万五千多人,城内死亡近十万人。有五十多个百姓,因为躲在寺庙避难,这才得以活命。

# 9. 多情多尔衮

在明清之际的大大小小战役中，清兵武器充足、士兵训练有素，基本上是以压倒性的优势碾压明军。有些明朝旧臣毫无风骨，不仅第一时间投降清兵，还帮助清兵攻打汉人。也有些顶天立地的好男儿，仗打输了，气节却没输，前仆后继地殉国。

清兵战无不胜，大将军们都封官加爵，好不快意，唯独肃亲王豪格满脸愁容。同他一起并肩作战的吴三桂心中不解，便直接问其原因。而豪格也是直言不讳，说此战胜利之后，自己恐将性命不保，只因"色"字头上一把刀。吴三桂当下还不解，细想之后又恍然大悟，不敢再多说半个字。

果不其然，等豪格回到京城，他就被多尔衮派来的人抓住，并以莫须有的罪名关进了宗人府。豪格在牢中多次上疏陈情，都被故意忽视，又听说自己的福晋博尔济吉特氏已经开始和多尔衮朝夕相处，气得夜不能寐。不出一个月，豪格就病死狱中。

皇太极的大儿子就这么被陷害死了，郑亲王济尔哈朗和英亲王阿济格看不下去，批评多尔衮滥权。多尔衮明面上不说什么，背地里先是让贝子屯齐状告郑亲王，免了济尔哈朗的亲王爵位，降为郡王。又以阿济格过午门时张开仪伞为由，诬告他大不敬，也把他降级成郡王。

9. 多情多尔衮

这下可好,再也没人敢顶撞多尔衮了,众多大臣还接连上奏夸赞多尔衮劳苦功高,应免去跪拜,甚至奏请顺治帝把多尔衮当成父亲。孝庄太后看到这些奏折,不仅免了多尔衮的跪拜礼,还让顺治帝称呼多尔衮为皇父。

多尔衮也没在皇宫里闲着,他听说山西大同久攻不下,便带着阿济格等人前去攻打。但镇守大同的姜瓖(xiāng)不肯投降,双方僵持了好几天。中途多尔衮因弟弟多铎染病去世回京。最终明军吃光了粮食,姜瓖手底下的人叛变,暗杀了姜瓖,还把他的首级献给清兵。

山西一攻下,多尔衮便如同吃了一颗定心丸,开始和豪格的福晋毫不遮掩地往来,家中正妻都不管不顾了。这下可把摄政王妃气得不轻,不久后便病死了。多尔衮办完丧事,便找了个良辰吉日迎娶博尔济吉特氏。

没想到的是,孝庄太后坐不住了,她派人召多尔衮入宫,与他密谈多时。多尔衮一回到府中,便派人请来范文程以及内院大学士刚林、礼部尚书金之俊议事。不久,这些人联名上了一道奏折,想要撮合皇父和孝庄太后,美其名曰方便顺治帝尽孝。顺治六年(1649年)冬月,内阁颁发了一道圣谕,告诉天下百姓这桩婚事。

多尔衮和孝庄太后结婚那天,清朝大赦天下,全国官员都加官升职,各省连当年的钱粮也不用交了。顺治七年(1650年)春月,多尔衮竟然还说动孝庄太后,同意他立原肃亲王福晋博尔济吉特氏为妃。

有一天,朝鲜国王李淏(hào)发来求助,说是倭寇入侵朝鲜,请求多尔衮允许筑城。原来,崇德二年(1637年)朝鲜战败,清政府与其签订条约,其中有一条就是朝鲜不得擅自加高城墙。因此日本人打到朝鲜,李淏第一反应不是加固防御,而是请求清朝的批准。

多尔衮虽然答应了,但是提出了一个要求。这要求究竟是什么,下文慢慢揭晓。

收到朝鲜来信的一个月后,多尔衮突然召集百官,说要带他们出山海关打猎。可到了山海关之后,多尔衮却并没有带官员们打猎,

9. 多情多尔衮

而是住进了连山驿站里。大臣们都不知道多尔衮葫芦里卖的是什么药,直到内大臣何洛会带着百官来到河边,他们这才明白多尔衮的用意。

此时,这河边停有两顶彩色大轿,轿子里坐着两位刚成年的朝鲜公主。之后,多尔衮竟然在附近的驿站与她们举办了婚礼。这一切正是多尔衮答应让朝鲜修筑城墙而提出的交换条件。

从那以后,多尔衮常常借着打猎的名义,私会这两位公主。知情的文武百官,都不敢声张,就连宫里的宫女太监,也都是把孝庄太后蒙在鼓里。半年后,多尔衮病死,他私娶朝鲜公主一事终于东窗事发。

在多尔衮去世之后,一些大臣怨恨其在世时的打压,纷纷想要报复。孝庄太后原本还阻拦着,但听说多尔衮的风流韵事之后,便撒手不管了。

此时,顺治帝已经十五岁了,早已懂得人情世故,对多尔衮也心怀愤恨。看完大臣们弹劾多尔衮的奏折,顺治帝得知多尔衮有称帝的动作,便越发怒不可遏(è),直接下了一道圣旨,要求追劾摄政王多尔衮的罪名,同时洗清肃亲王豪格的冤屈。而老臣范文程因为辅佐过多尔衮,也被撤了职。

 清 | 10. 郑成功对抗清朝

多尔衮生前给顺治帝安排了一门亲事，娶科尔沁卓礼克图亲王吴克善的女儿为后，等多尔衮一死，顺治帝便把这件事冷落了去。吴克善在京城待了大半年，始终不见顺治帝要来迎娶自己女儿的意思。他急得到处找亲王、大臣，让他们帮忙在孝庄太后面前求求情。

孝庄太后也不好意思耽误人家，便下令让顺治帝尽快完婚。顺治帝不敢违背孝庄太后的命令，便只好迎娶博尔济吉特氏做皇后。这婚礼办得风风光光，给足了皇后和吴克善面子。可谁能料到，顺治帝不愿受已故之人多尔衮的摆布，心里始终咽不下这口气，过了两年直接把博尔济吉特氏降为静妃。

皇后位置一空出来，顺治帝又马上立科尔沁镇国公绰尔济的女儿当皇后。而原本的皇后博尔济吉特氏，则在冷宫中郁郁而终。

清朝后宫的故事到此暂告一段落，且看明朝在苟延残喘时期，如何反攻清朝。

话说降臣郑芝龙有个儿子，叫郑成功。郑成功不肯跟随父亲投降，仍旧尊奉明朝的皇帝。他召集精锐部队攻打福建，占领了不少地盘。

清朝鲸吞蚕食明朝数十年来，除了袁崇焕、卢象昇这几个猛将忠臣之外鲜有对手，郑成功倒成了个显眼的存在。清政府派出闽浙

10. 郑成功对抗清朝

总督陈锦支援福建,在海上打了几场大战之后,陈锦不但没收回失地,还又丢失了几个县的地盘。

清政府眼看打不过了,便安排郑芝龙写信给郑成功。郑成功看

到父亲亲笔写的劝降信,并未心动,反而愤愤不平。他回绝了使者,下令攻打漳州,还高价悬赏陈锦的项上人头。没过几天,有两个人把陈锦的人头送到了郑成功面前。

郑成功问这两人的来历,一个是陈锦的记室李进忠,另一个是陈锦的仆人库成栋。杀死陈锦的正是仆人库成栋。可谁知,郑成功竟然让人处决了库成栋!原来,郑成功认为库成栋与陈锦有主仆情谊,库成栋弑主是不仁不义。即便如此,郑成功也还是把赏金分给了李进忠和库成栋的家人。

这时,鲁王逃到了福建,请求郑成功的庇护。鲁王先前与唐王相争,激起内讧,郑成功很不待见他。唐王朱聿键死后,桂王朱由榔继位。鲁王势单力薄,在清军的猛攻之下招架不住,便随大流尊奉起永历帝,企图寻求明朝忠臣的帮助。郑成功见其丧失野心,便也以皇室之礼相待。

郑成功收留鲁王之前,曾率兵攻打漳州城。但是恰好这时清朝的援兵赶到漳州城外,和城里的士兵一前一后地夹击郑成功。郑成功腹背受敌之下,只能退兵到海澄。这时候鲁王带着他的军队来了,郑成功便找到鲁王的大臣张名振、张煌言,和他们商量协同作战。

这几位大臣都听从鲁王的命令,郑成功和他们商议过后,便提出各自驻扎、相互应援的办法。两位大臣带着鲁王来到了金门,张煌言召集旧部将,意图攻打南京。到了吴淞口,张煌言突然发起袭击,抢走清朝的几十艘军舰,又接连攻下好几个地方。

张煌言带着士兵们拜祭了明太祖陵墓,正当士气大涨之时,他先后收到鲁王和张名振去世的消息。无奈之下,张煌言只好退兵回到金门。而郑成功原本打算出兵支援的,此刻也只能按兵不动。

郑成功在厦门期间,把厦门治理得井井有条,深受百姓的爱戴。一天,清廷派了两位钦差前来厦门见郑成功,并且要封郑成功为海

10. 郑成功对抗清朝

澄公。郑成功说:"我只知道奉大明朝皇帝的敕命。"说罢,将两个人遣走。又过了一个月,清廷又派出三位使者前来,随行的还有郑成功的弟弟郑渡。使者一见到郑成功就让他下跪接受敕封的诏书,郑成功不肯接受,说:"我是大明的臣子,不受你的诏书。"

清使随即说:"我奉皇上圣旨,赐你福、兴、泉、漳四个地方,皇恩浩荡,剃发接受吧。"

郑成功严词拒绝,说道:"这本来就是我大明的地方,不劳烦你们来封赏。你们以前不过是盘踞在建州的小国,现如今强占我中原大地,本就无理!我因为不能把你们赶走而感到愧疚,还要我剃发接受你们的封赏?我告诉你们,等海枯了石烂了,再说我郑成功投降不投降的问题!"说罢,拱手便走。

郑渡见了郑成功,拿出父亲郑芝龙的书信,还说清政府拿父亲的性命相逼。但郑成功忠心不改,他认为自己的一切都是明朝赐予的,背叛明朝就是罪人。郑渡也没办法,号啕大哭一场便戚然离去。

顺治帝知道郑成功不肯投降之后,免了郑芝龙的职,又把他关进大牢里。此外,顺治帝加强海防,任命郑亲王济尔哈朗的儿子济度为定远大将军,让他收复福建。

济度到了福建,和郑成功打了几场激烈的大战,均以失败告终。而郑成功打了胜仗,缴获了几艘军舰之后,便开始扩充军队。郑成功征了十六万的新兵,其中五万学习水战,五万学习骑射,五万学习步击。另外还有一万人,充当侦察兵和通信兵。

这时,永历帝派人前来册封郑成功为延平郡王,而张煌言也率兵前来和他会合。郑成功认为万事俱备,便和张煌言率领大军前进。可惜天有不测风云,等郑军走到羊山,突然刮起了猛烈的台风,毁坏了几十艘军舰,连带着几千名士兵都沉入海里。

郑成功不得不让军队停止前进,修好船只再出发。这时,海澄

的守将黄梧和部将施琅叛变，投奔了清朝。清朝趁此机会攻打云南，永历帝的安全遭到威胁。郑成功怒不可遏，船只一修好便马上出发。

张煌言的军队为前锋，到了瓜州碰到清朝提督管效忠，把他们打得溃不成军。剩下的逃兵，则逐一被郑成功的军队歼灭。

郑成功战无不胜，正当他打算进一步攻打南京的时候，突然有一个人跳出来反对。

11. 永历帝南逃被杀

郑成功想一鼓作气攻打南京的时候,他手下的中军提督甘辉站出来反对。他说:"我们现在孤军深入南京,清廷肯定会发兵来救的,现在前有守军,后有援军,我们在中间孤立无援,难道不怕陷入重围吗?依我看,不如将我们的军队分成两路,一路去攻打扬州,堵住那边的清军。一路据守京口,截断两浙地区的漕运,到时候那些地方就不战而屈了!"

郑成功听完,不同意甘辉的计策,他说:"据我所知,南京的清军已经调到云南去了,现在城里空虚,此刻不打,还等什么时候?"

先前,清朝提督马进宝也私底下告诉他南京无人镇守。因此,郑成功让张煌言率兵攻打安徽、江宁,自己则亲自率兵攻打南京。

张煌言那边频频传来捷报,郑成功这边则收到两江总督郎延佐的来信,说他会把南京拱手相让,只不过还需要半个月的时间劝导城中百姓投降。郑成功不疑有他,直接答应了。为什么郎延佐会主动来信投降呢?原来,郎延佐收到清兵收复云南的消息,知道援军假以时日便可来到,眼下先想办法应付过去。

反观云南那边,永历帝依仗着李定国、孙可望等人的庇护,躲在云南很长一段时间。后来,孙可望投降了清朝,还给清朝提供了不少有利的情报。清朝派兵大举攻入云南、贵州等地,永历帝听说

顺治帝阅师南苑

11. 永历帝南逃被杀

清军很勇猛，李定国已经败了，吓得他想要连夜逃跑。有部下建议死守，不可以逃跑，永历帝正犹豫不决之际，李定国回来了。李定国哭着将局势告知了永历帝，永历帝就问李定国："是去还是留？"

李定国说："还是走吧，留得青山在，不怕没柴烧，以后还可以卷土重来！"

永历帝于是命令李定国断后，自己先跑。清军这时军队集合，攻入了云南城。清军一路追击到玉龙关，遇着断后的明军，没几个回合就打败了明军，断后的将领此时已经是李定国的手下白文选，他见势不妙便掉转马头，带着残兵败将逃出了战场。

那边永历帝刚跑到永昌，屁股还没坐热，又听到清军追击而来的消息，便又急匆匆地继续跑。李定国命令总兵靳统武带四千兵马保护永历帝，自己则率领六千精兵守住磨盘山，以逸待劳等待清军到来。

这磨盘山位于永昌城的东边，非常险峻，山路崎岖，只容得下一匹马通过，易守难攻。李定国料想清军若想追击，必然要经过这里，于是把手下的六千兵马分成三支，命令三名部下分别统率，在山口、山腰、山后埋伏。李定国则跑到山巅，远远看见清军正追过来，漫山遍野全是蚂蚁般的清军，李定国并不害怕，只是自言自语地说："管你多少兵马，到了这里你也施展不开！"

没多久，清军就到了山口，山口过于狭窄，清军没办法，只好把队伍变成一字长蛇阵，鱼贯而入，李定国一看这架势，心里大喜，这正是他要的结果！

不多时，清军一万兵马已经进入了山口，忽然一声炮响，清军下马不前，紧接着又是无数声炮响，一时间整个山口烟雾弥漫，只听见战鼓雷鸣，杀声四起，兵器砍在一起发出清脆的声响，不知道从哪里刮来一阵妖风，各种声音混杂在一起，犹如人间炼狱。

李定国正想着看清楚战场局势,忽然感觉有些不对劲,李定国急忙把头一偏,一颗炮弹从他的头顶落下,砸在脚边,飞扬的尘土顿时将李定国包裹其中。

李定国知道自己的位置可能已经暴露了,再加上惊慌不定,遂转身向西走去。到了半路,看见属下跟跟跄跄跑过来,禀报说:"清军有巨炮,现在到处是烟火,我们的埋伏根本没用,只能出来和他们正面对着干,可是他们人多势众,经过这一番厮杀,现在只剩下两千人左右,另外两支都全军覆没了……"

李定国听罢,长叹一声:"恨啊,清军进来就放炮,肯定是知道我们有埋伏,不知道是哪个家伙泄密的!"

恨归恨,最终也是没办法,只能率领着残兵败将逃出战场。

泄密的人又是谁呢?正是大明从前的臣子卢桂生,这家伙之前是大理寺卿,现在明廷危险,他想要找新主人讨个富贵,便去跟清军说了李定国的伏兵之处,所以清军一到山口,就开始放炮。如果不是他泄密,就算打败不了清军,也能让清军摔个大跟头。

可恨啊,危急存亡之秋,小人还要告密,李定国也是无力回天。

李定国这边打了败仗,那边永历帝已经逃到了缅甸。缅甸那边不允许永历帝的从官带兵器,永历帝没有办法,就命令大伙就地抛下兵器,又雇了车马,进入了缅甸地界。走了三天就到了缅甸的都城,可是缅甸方面却不让他们进城,直到又过了五天时间,才让永历帝一行人上岸。

当时,永历帝在岸边的草屋中居住,周围都是做生意的缅甸妇女,大家穿着短衣,光着脚丫,沿河叫卖。永历帝的从官们没了兵器,此时竟然忘记了自己亡国之臣的身份,和那些叫卖的妇女混在一起,喝酒笑骂,全无亡国的样子。这大明朝不亡,怕是天理也不容了。

顺治帝见永历帝躲到了缅甸,便也不去追究。他转而关注江南

11. 永历帝南逃被杀

一带的战事，甚至打算御驾亲征。后来收到苏松总兵梁化凤攻克镇江、瓜州的战报，便提拔梁化凤为江南提督，让他与安南将军达素、闽浙总督李率泰攻打郑成功。梁化凤也不辱使命，几次偷袭郑军，最后在郎延佐的协助下一举击退郑成功。

张煌言听说郑成功逃回了厦门，正惊疑不已，忽然一支清军从长江上游赶来，开炮击毁烧掉了明军好几艘军舰。张煌言也不敢恋战，急忙从钱塘江逃到海上。张煌言又听说郑成功竟然去攻打台湾了，连忙去信劝阻，让他不要舍弃大陆，但始终没收到回信。

郑成功为何突然间跑去台湾？原来，先前郑芝龙当海盗的时候，曾以台湾岛为驻地。郑芝龙投降朝廷之后，荷兰又把台湾岛抢了去。所以说，台湾岛和郑成功之间还有些渊源。这次和清兵一战，郑成功的军队受到重创，他便想在台湾岛上休整军队。

岛上的荷兰人仓促应战，被训练有素的郑军打得节节败退，只好答应把台湾岛让给郑成功。这下，金门、厦门、台湾都是郑成功的地盘，他便放心地在岛上操练军队。

再说清兵攻下云南后，吴三桂被留下镇守云南。吴三桂这人非要将明朝一网打尽，便写了篇《三患二难疏》，劝告清朝出兵歼灭明朝余党。顺治帝本来不愿意再发起战争，但是朝中大多数官员都赞同吴三桂的提议。不得已之下，顺治帝任命内大臣爱星阿为定西将军，前往云南协助吴三桂剿灭明朝残余势力。

爱星阿到了云南，在吴三桂的配合下战无不胜，一直打到缅甸边境。缅甸人人自危，边境的官兵明面上在防守，实际上已经开始步步撤退。爱星阿给缅甸酋长写信，要求他们交出永历帝，否则就进兵缅甸。

顺治帝收到云南告捷的消息，理应是庆祝一番，可这时心爱的董鄂妃病死了，顺治帝悲痛之下无心上朝。他追封董鄂妃为皇后，

举办了盛大的丧事。顺治十八年（1661年）正月，顺治帝留下一纸诏书离去，清廷向天下臣民宣告皇帝驾崩了。

按照顺治帝的遗嘱，清廷立八岁的皇三子玄烨为新帝，年号为康熙，次年改元，新帝被尊奉为"清圣祖仁皇帝"。玄烨继位后，有四位大臣辅助他参政，他们是内大臣索尼、苏克萨哈、遏必隆、鳌拜。这四位大臣做的第一件事情，就是肃清宫廷之中的乱政现象。

先前，宫里有内官十三衙门，负责处理宫廷大大小小的事务。在这十三衙门里任职的，都是些太监。顺治帝在位的时候，曾经严令禁止太监干涉朝政，但是这群太监私底下还是勾结朝臣。现在他们被开除，宫内外的人都拍手称快。

康熙元年（1662年）三月，云南传来消息，说按照原计划攻打缅甸获得大胜，俘虏了永历帝。其实，在清兵攻打缅甸的时候，李定国也想从缅甸人的手里夺回永历帝。可惜恰逢缅甸内乱，缅甸酋长被弟弟杀害，而他的弟弟为了镇压缅甸族人，私下和吴三桂勾结，直接把永历帝献给了吴三桂。

吴三桂见到永历帝，并未下跪，只是做了个长揖。

永历帝见来人威风凛凛，身穿黄马褂，头戴宝石顶，身边有数个护卫，便知道了这人的身份，于是故意问了句："你是谁呀？"

吴三桂答道："清平西王吴……"说到这里，吴三桂忽然停住了。

永历帝于是说："你是大明平西伯吴三桂吧？"

永历帝故意提出大明二字，想必也是想让吴三桂回心转意，明白自己的出身。

吴三桂听到"大明"两个字，顿时如遭霹雳，吓得颤抖起来，赶紧双膝跪下，颤抖着说："是。"

永历帝夸奖说："你很能干，只可惜忘本了。事到如今，我也没什么好说的，我想去北方祭拜我的先祖，可惜也办不到了。你要

11. 永历帝南逃被杀

是能替我办到,我死也瞑目了。"

吴三桂又颤抖着说:"是。"

永历帝于是说:"你起来吧。"

吴三桂赶紧辞别永历帝,回到军中,对部下说:"我从军以来也打过不少仗,大大小小的战争也经历了不少,从来没有觉得害怕过。现如今见了这皇帝,竟然让我有些难安,真是想不明白啊。"

于是,吴三桂便琢磨着尽快处理掉永历帝。他与身边的满人将领再三斟酌,最后又请了清廷的圣旨,就地将永历帝处死。

临刑前,永历帝一言不发,只有永历帝的储君,年仅十二岁的太子大骂道:"吴三桂你这个乱臣贼子!大明朝没有对不起你,我们和你有什么仇恨?老天有眼,一定不会让你善终!"

当日,刑场上天昏地暗,狂风大作,当地的老百姓听说永历帝被杀,无不悲伤落泪。而人在缅甸的李定国听说君主被吴三桂抓走,日夜兼程地赶去吴三桂的大本营。走到半路,李定国又听说君主已经惨遭毒手,当即痛哭流涕,口吐鲜血。

这位明朝忠臣气血攻心,号哭哀痛,便溘然长逝。

12. 鳌拜专权

永历帝被吴三桂杀死之后，他的臣子李定国也在悲愤中去世。清朝平定了西南，眼下最紧要的便是处理东南边陲的张煌言和郑成功二人。张煌言听说了永历帝驾崩一事，虽然知道明朝大势已去，但是仍不肯束手就擒，多次劝说郑成功出兵。

没想到的是，郑成功忽然死了，死得不明不白。张煌言失了主心骨之后，一蹶不振，整天闷在房间里当个闲人。有一天，突然有几个穿着明朝服饰的人来到张煌言面前，问他是不是张煌言本人。

张煌言怕来者不善，反问他们都是些什么人，找张煌言又有什么目的。这些人说他们是明朝遗民，找张煌言是为了请他出山，共同复兴明朝。张煌言本来郁郁寡欢许久，见到这些人和自己志趣相投，请他们到自己家里聊得十分痛快。

天色渐晚，这些人邀请张煌言来到港口订立盟约。张煌言不疑有他，爽快地出去了。等张煌言随这些人来到港口，正要上船，船上突然跳出来几个扎辫子的清兵，张煌言这才知道自己上当了。

这些人把张煌言带到杭州，杭州巡抚赵廷臣让人用轿子把张煌言抬到自己的府上，又毕恭毕敬地劝说他投降清朝。可惜张煌言忠心不改，宁死也不愿归顺。赵廷臣敬佩张煌言是个忠臣，在他自杀后，便把他的尸体埋入凤凰山。

12. 鳌拜专权

而这时候，金门、厦门已经被镇守福建的耿继茂、总督李率泰、水师提督施琅率兵打了下来。郑成功死后，他的儿子郑经镇守台湾，仍旧是不肯投降。清政府便把郑芝龙和他的几个儿子一起杀了。

远在台湾的郑经听说爷爷被杀，心里十分悲痛，但是他势力弱小，也只能在岛上暂时休养生息。

清朝这边，康熙帝年仅十二岁，国家大事都由四位辅政大臣掌管。在这四位大臣中，索尼是四朝元老，德高望重，遏必隆、苏克萨哈功名最低，凡事都听索尼的意见。而鳌拜是武将出身，自认为功高盖主，别说索尼了，连康熙帝都不放在眼里。他想夺权，于是暗中谋划把其他三位大臣逐一铲除。

最先遭殃的，便是正白旗人苏克萨哈。以前多尔衮曾经把镶黄旗的领土分给了正白旗，鳌拜是镶黄旗人，他主张要把原本属于镶黄旗的土地归还。正白旗人在镶黄旗人的领土上住了二十多年，鳌拜的一句话就逼得他们背井离乡，这群人自然是不愿意的。

负责换地的三位官员了解到民怨，便上疏康熙帝。康熙帝召集辅政四大臣商议。鳌拜怒言相向，说这几个官员办事拖拖拉拉，甚至上疏阻挠，理应砍头。

康熙帝转而问其他几位大臣的看法，没想到索尼和遏必隆都怕招惹到鳌拜，纷纷表示同意。而苏克萨哈低着头一言不发。鳌拜见状，便抢着说众大臣都同意了！

说完，鳌拜直接拿起皇帝用的纸笔，写上处死几位官员的命令，便拿到了刑部。刑部哪敢怠慢，手脚利落地把处理换地事宜的三位官员抓了起来，押到刑场砍了头。

康熙帝通过这件事情，察觉到鳌拜这个人心狠手辣，野心很大，便私底下让给事中张维赤等人写联名信，奏请皇帝亲政。满朝文武都表示同意，只有鳌拜沉默不语。又过了两年，十四岁的康熙帝才

逐渐在乾清门亲政。

也就是在这个时候,索尼因病去世,四位辅政大臣中最能牵制鳌拜的人不复存在。苏克萨哈非常惶恐,上疏给康熙帝,说自己碌碌无为,要求康熙帝允许自己去给先帝守墓。如果自己得以保全性命,必将对康熙帝感恩戴德。

康熙帝读了之后,反思道:苏克萨哈辅佐自己六年有余,是什么威胁到他的身家性命,令他在皇宫里待不下去?随后,康熙帝下了一道圣旨,命令召开议政王贝勒大臣会议。

鳌拜知道了这件事之后,马上找到议政王中最有声望的康亲王杰书,让他上疏进言。杰书也十分忌惮鳌拜,几乎是鳌拜说一句,杰书就写一句。于是,呈到康熙帝面前的奏折,就变成了杰书痛斥苏克萨哈欺君犯上,要求处死苏克萨哈并株连九族。

康熙帝虽然年纪轻轻,但是他看到这封奏折,便知道事态越发严重了。

 清 | **13. 康熙帝擒鳌拜**

康熙帝读完杰书的奏折之后,马上把杰书、遏必隆、鳌拜等人叫到大殿上,当着鳌拜的面怒斥这份奏折十分荒谬。鳌拜听了,马上辩驳是苏克萨哈蒙蔽了皇上的双眼,处决苏克萨哈实乃以儆效尤。

眼见鳌拜颠倒黑白,康熙帝更是坚持要保住苏克萨哈的性命。鳌拜一下子怒火攻心,竟然挥拳冲向了康熙帝!虽然鳌拜的拳头停在了半空中,但也还是把年幼的康熙帝吓得不轻,只好妥协说:"就算要处死他,也不至于判处凌迟。"

杰书和遏必隆两人趁机建议处以绞刑,以使苏克萨哈得以保留全尸。康熙帝无可奈何之下,只好同意了。

年幼的康熙帝受此刺激,也只能跑到慈宁宫里,在太后面前痛哭了一场。太后也并无实权,只能教康熙帝要韬光养晦。康熙帝也不是个懦夫,他擦干了眼泪,便开始准备自己的计划。

康熙帝首先在各个王府里挑选了百名年纪相仿的亲王子弟,让他们学习武功,有时候康熙帝自己也会学上一两招。不到一年,这些贵族少年都练得有模有样,打起拳法来虎虎生风。

这个时候,康熙帝先是册封鳌拜为一等公,让鳌拜放松对自己的警惕。之后,康熙帝让鳌拜到宫里商议国事。鳌拜不疑有他,高高兴兴地进了宫。等鳌拜来到大殿上,他发现康熙帝两边站着一群面容熟悉的亲王子弟。

鳌拜摸不着头脑，也不行跪拜礼，大声地问康熙帝找自己有何贵干。康熙帝瞪着鳌拜，怒斥他结党营私、以下犯上等罪行。鳌拜被小皇帝数落一通，不由得怒从心起，气得挥起拳头打向康熙帝的

13. 康熙帝擒鳌拜

面门。

康熙帝临危不惧,大喝一声"给朕上"!紧接着,两侧的少年大步向前,把鳌拜团团围住。看那架势,是要跟鳌拜大战一场。鳌拜自视甚高,丝毫没有把这几个看起来弱不禁风的少年放在眼里。

鳌拜被围住之后,随即朝着最近的一位少年狠狠挥去一掌,没想到被那位少年稳稳接下。而其他人越围越紧,对鳌拜拳打脚踢起来。鳌拜毫无防备,被这些少年打倒在地上,鲜血直流。

康熙帝看到鳌拜被打得奄奄一息,便召集杰书和遏必隆进宫。这两人看到鳌拜的惨状,霎时间便明白了原委,争先恐后地磕头求饶。康熙帝让他们列出鳌拜的罪状,他们虽然列了三十条罪状,但还是不忘补充一句鳌拜的功绩,让皇帝酌情处理。

康熙帝看完杰书、遏必隆的奏折之后,下了道圣旨,内容如下:

鳌拜辅佐朕期间,结党营私,干预朝政,目无王法,以下犯上,朕念在其曾经为大清出生入死,效力多年,免去一死,但罢官、抄家、入狱,仍旧执行。

其余罪大恶极的党羽,一律砍头。罪名较小的党羽,朕念你们只是一时糊涂,从轻发落。至于一些趋炎附势之人,朕也不会逐一追究。希望诸位大臣从今往后洗心革面,德须配位。

刑部收到康熙帝的圣旨,一一遵照办理。一时间,文武百官人人自危,再也不敢做擅权专政、目无法纪之事。

刚好这时候,平南王尚可喜的儿子尚之信老是耍酒疯,不听尚可喜的教训。尚可喜担心儿子惹是生非,闯出大祸,就写了封奏折给康熙帝,请求允许他回辽东养老,留儿子镇守广东。康熙帝看了这封奏折,便想到藩王势力强大,也是一个隐患,干脆取消子嗣继

承藩王之位的条例，同时撤了尚可喜的藩王称号。

尚可喜还没收到朝廷的旨意，吴三桂却比他先得知了消息。原来，吴三桂虽然人在云南，但是他的儿子吴应熊是驸马，人在京城，能第一时间向他传递消息。吴三桂知道康熙帝下达的决定之后，马上写了封信到福建。同时，又上奏康熙帝，主动请求撤藩。

此时靖南王耿继茂去世了，他的儿子耿精忠镇守福建。耿精忠收到吴三桂的来信，按照信上面写的内容，也写了份申请撤藩的奏折。

没想到的是，康熙帝看到这两份奏折，便答应了撤藩的请求，还派人前往云南、福建、广东各省处理撤藩事宜。吴三桂上奏请求撤藩原本只是试探，谁知康熙帝果然忌惮藩王的势力。吴三桂找自己的部下马宝和夏国相商量，他们回答，眼下只有两条路可选，要么解甲归田，要么趁机拥兵自立。

那么，吴三桂又会做出怎样的决定呢？

 14. 吴三桂造反

吴三桂听了部下的建议，心里已经打定了主意。

第二天，吴三桂把手底下所有的军官召集在一起，每天进行军事演练。这群军官虽然对吴三桂的做法摸不着头脑，但还是每天都乖乖地集合练兵。

有一天，两位朝廷特派的钦差来到了吴三桂面前，他们奉命前来处理撤藩事宜。吴三桂倒也不慌不忙，一面让人款待这两位钦差，一面又安排人清点库银。

一番准备之后，吴三桂拿出好几箱金银珠宝犒劳将士，趁机对诸将大吐苦水，吴三桂将金银珠宝、绸缎衣服等摆在案前，叹息道："唉！你们追随我十几年，南征北战，哪个不是刀口舔血才有今日的地位，现在天下太平，我本来想与诸位共享富贵，可是朝廷不允许啊，他们派了钦差过来，要本藩镇去山海关镇守，这一去还不知道是凶是吉，今天我就是要与诸位长别的。"

众将士听罢，心里也知道吴三桂是什么意思，便说道："我们跟随王爷出生入死，才有了今天，朝廷为什么偏偏要下旨削藩呢？"

吴三桂一看众人上了道，便又添油加醋地说道："我也不好妄自揣测朝廷的意思，可能就是'鸟尽弓藏，兔死狗烹'的意思。我现在悔恨的是当年没有想那么多，帮助清廷灭了大明，又奉旨戍边，

说到底,都是我自作自受!只是可怜了你们,一生汗马功劳,结果毁于一旦!"说完,装出一副凄凉可怜的样子,指着面前的金银珠宝和绫罗绸缎,说道:"这是我这些年积攒的东西,你们分了吧,日后见了这些东西,就如同见了我,也算是睹物思人了。来来来,分了它!"

众将士哪敢去分财宝,只是哭着说:"愿意追随王爷!不敢讨要封赏!"

吴三桂一看众将士已经被他煽动了起来,心下很是欣喜,但是表面上却装作一副铁了心要分财宝的模样:"钦差已经限定了日期,我过几天就要上路了,你们别谦虚推让了,让我反而不安起来。"

大家正准备再次推辞,忽然有两个大汉从众将中闪身出来,大声喊道:"什么钦差不钦差的!鸟钦差!王爷不必去山海关!难道他们还能强迫王爷去吗?"

吴三桂一看是马宝、夏国相二人,装作发怒的样子说:"胡闹!钦差奉旨前来!你们说出这样大不敬的话!是要怎样?"

二人齐声说:"清朝的天下要是没有王爷,还不知道能不能得手呢!今天他们拿了天下,快乐至极,反而让王爷舟车劳顿,这叫什么?这叫不知报恩。王爷服从命令,我们不服!"

吴三桂一听,心下更加欣喜,但表面上还是装作痛心的样子:"先前,我是为了报仇,才归降了清廷。现在,这是'君要臣死,臣不得不死',我前半生是明朝臣子,为了打败闯贼,不得已投降了清廷。当年,我面见永历帝,本想保他安全,结果清廷一再催促,硬要他死,我也是没办法,只能保他一个全尸。这些你们都晓得吧?"

众将士自然明白吴三桂话里的意思。吴三桂装出一副骑虎难下的样子,说道:"先前我保住了永历帝的全尸,还没有祭奠他,如

14. 吴三桂造反

陈圆圆净室修斋

今即将远赴关外,诸位愿意随我前往祭奠吗?"不出意料的是,在场的将士无一反对的,都表示要追随吴三桂。

吴三桂满意地转身离开,没多久又换了身明朝的衣服出来。他带着将士们来到永历帝的坟前,伏地大哭,身后的将士们触景伤怀,也跟着号啕大哭起来。

这时候,两位钦差等不及了,派人催促吴三桂动身。没想到的是,吴三桂一动不动,而他的部下胡国柱心领神会,直接把钦差派来的人给砍了。吴三桂心里很得意,但表面上命令士兵把胡国柱绑起来,押到钦差面前谢罪。

但手底下的将士纹丝不动,胡国柱甚至伙同一群人,杀了云南巡抚朱国治。当下场面沸腾,众将士连声催促吴三桂直接当皇帝,免得受清朝的气。吴三桂一听,知道自己的计谋得逞,便欣然应允了。

拜祭完永历帝之后,吴三桂让人把两位钦差关进了大牢,又写了篇声讨文书,大致内容是先前投降清朝是因为势单力薄,自己一直在寻找机会反清复明。吴三桂发了这篇檄文之后,便整装待发。

可谁能想到,大半夜的时候,吴三桂的妻子张氏突然跑了进来,哭着说吴三桂要害死儿子吴应熊。吴三桂瞪大眼睛,怒斥道:管他死不死的?我活得好好的就行!张氏听了吴三桂的话,瘫坐在地上痛哭流涕。

这时候,陈圆圆听到张氏的哭声,连忙出来劝解。在得知吴三桂的起兵打算之后,陈圆圆请求吴三桂将自己安排到一处僻静的地方居住。吴三桂十分怜惜眼前这个娇滴滴的美人,便让她住在了城外的一所园子里,留下一大笔钱,又安排几个奴仆伺候她。后来陈圆圆病逝,吴三桂把她葬在了商山寺附近。

吴三桂安顿好家眷之后,又马不停蹄地号召附近的省份起兵谋反。贵州巡抚曹申吉、提督李本深,云南提督张国柱都表示支持吴

14. 吴三桂造反

三桂。而云贵总督甘文焜（kūn）则调兵守城，企图打压吴三桂。

可惜的是，甘文焜手底下的人并不听从号令，还想对他动手。甘文焜四面楚歌之下，只好自杀了。而钦差党务礼、萨穆哈二人，本来是要接吴三桂的家人到北京的，听说了这件事情之后，昼夜不停地赶回北京。等他们一到大殿上，竟因心力交瘁晕了过去，歇了好一会儿才缓过神来。

康熙帝听了二人的报告之后，并没有怪罪他们殿前失礼，他当即询问朝中大臣们的意见。没想到，大学士索额图竟然说要撤销撤藩的圣旨，让吴三桂世世代代镇守云南，又建议严惩提出撤藩的人。

康熙帝听了勃然大怒，因为追根溯源，撤藩是他提出来的。最后，康熙帝任命顺承郡王勒尔锦为宁南靖寇大将军，又安排了几支军队分别赶往南方的军事要塞，听候调遣。康熙帝命令兵部尚书明珠拟写圣旨的时候，大殿外又送来了湖广总督蔡毓（yù）荣报告云南造反的奏折。

康熙帝草草看过，便让明珠写下吴三桂的罪名，撤了吴三桂的官职，通报全国。而对于福建、广东的藩王，因为他们目前尚无动作，康熙帝便暂时不处理他们。

 15. 康熙帝平叛

吴三桂起兵之后，贵州第一时间响应。很快，云贵两省被吴三桂轻松收入囊中。这时，吴三桂又把目光瞄准了四川。这是因为四川被云南、贵州左右包围，地理位置极佳。打下四川后，整个西南版图基本稳固，之后再北上就轻而易举了。

吴三桂的算盘打得响，他先是派手下王屏藩攻打四川，又派出马宝从贵州攻打湖南。马宝这人也骁勇善战，不久后便攻下了沅州。

吴三桂看到湖南如此轻易被攻破，便安排夏国相、张国柱率兵继续攻打。湖南和平了十来年，将士本就没有多少作战经验，此次吴军突袭，一个个都丢盔卸甲而逃。等吴军接近长沙的时候，湖南巡抚卢震赶紧叫提督桑额派兵支援。没想到的是，桑额早已经溜之大吉了。卢震只好也跟着弃城而逃。

清朝都统巴尔步、珠满本来率兵支援湖南的，走到一半，听说长沙已经沦陷，都不敢往前再进一步。湖南在没有援兵的情况下，接连失守了好几个州县。四川这边，巡抚罗森打不过吴军，又听说湖南沦陷了，更加觉得唇亡齿寒。

无计可施之下，罗森只好找到提督郑蛟麟、总兵谭洪等人来巡抚署内商量。郑蛟麟前脚刚收到吴三桂的来信，后脚就来到了署衙。郑蛟麟趁热打铁，劝说罗森投降吴三桂。罗森也二话不说，直接联

络王屏藩，把整个四川省拱手相让。

福建这边，耿精忠原本就有谋反的心思，听说吴三桂起兵之后，他也立即呼应。耿精忠把军队分成三路，东路由总兵曾养性率领，进攻浙江温州、台州；西路由白显忠率领，进攻江西的广信、建昌、饶州；中路由都统马九玉率领，进攻浙江的金华、衢州。

清朝封了三个藩王，一个是云南的吴三桂，一个是福建的耿精忠，剩下一个就是广东的尚可喜。云南、福建都起兵之后，广东仍旧是按兵不动。吴三桂按捺不住，让人把自己的亲笔信带到尚可喜的面前。

可谁能料到，尚可喜不仅把吴三桂派来的信使关进了监狱，还把他的谋反信交给清朝。吴三桂听说后勃然大怒，马上让耿精忠攻打广东。耿精忠收到命令，私底下笼络潮州总兵刘进忠和台湾的郑经，让他们前后夹击广东省。

消息传到朝堂，康熙帝紧急任命贝勒爷尚善为安远靖寇大将军，协助顺承郡王勒尔锦攻打湖南；任命贝勒爷洞鄂为定西大将军，协助经略大臣莫洛攻打四川；任命安亲王岳乐为定远平寇大将军，出兵攻打江西；任命康亲王杰书为奉命大将军、贝子傅喇塔为宁海将军，出兵攻打浙江；任命简亲王喇布为扬威大将军，在江南支援四路军队。

康熙帝刚布置妥当，突然又收到了广西将军孙延龄造反的消息。孙延龄是已故定南王孔有德的女婿，孔有德死后全家遇难，只留下一个女儿，这个女儿在清宫中以郡主的身份长大，成年后便嫁给了孙延龄。孙延龄被清政府安排镇守广西，可他却私底下同吴三桂勾结在一起。

孙延龄一造反，康熙帝马上封尚可喜为亲王，封尚可喜的儿子尚之孝为平南大将军、尚之信为讨寇将军，联合广西总督金光祖讨

伐孙延龄。康熙帝安排好一切之后,便等着南方各省的捷报。可出乎意料的是,捷报没收到,反而收到了陕西的警报。

原来,经略大臣莫洛到了陕西之后,看到提督王辅臣和总兵王怀忠两人,劈头盖脸就是一顿臭骂,说他们办事不力。两王当下虽然心怀怨恨,但也不敢反驳什么。此时,莫洛找到西安将军瓦尔喀,说自己要把提督以下的官员统统换成满族人。瓦尔喀担心官员们心生不满,及时制止了。

莫洛安排瓦尔喀带着王辅臣、王怀忠出兵汉中,自己则镇守西安。瓦尔喀来到保宁,忽然听说王屏藩来到了略阳,占领了栈道,这相当于挡住了清兵的陆路和水路,阻断了粮饷来源。王辅臣便提议退兵广元,找莫洛要军粮。

瓦尔喀退兵到广元之后,马上派人找莫洛索要军粮。可惜这时候西安的粮道已经被吴军切断了,军粮根本发不出去。士兵们饿了一个多月,个个都哀声怨道,恨不得把瓦尔喀生吞活剥了。混乱之中瓦尔喀在王怀忠的掩护下逃跑了。将军逃走之后,士兵们便叫嚷着要投奔平西王。

这时候,莫洛正好率兵来到附近支援。王辅臣和士兵们都十分痛恨这个满人经略,早早地在周围埋伏好。等莫洛的军队到来之后,王军乱箭齐发射死了莫洛。莫洛一死,莫军阵营中剩下的士兵便投降了。

16. 图海招降王辅臣

先前，贝勒爷洞鄂受命协助莫洛，等他来到西安的时候，刚好碰到单枪匹马逃回来的瓦尔喀。瓦尔喀饿得前胸贴后背，嘴唇颤抖地跟洞鄂讲了事情的经过，洞鄂这才知道保宁已经发生了兵变。没过多久，莫洛被杀的消息传到西安城，洞鄂吓得赶紧加固西安城的防守，同时派人把消息传回北京。

这时候，王辅臣已经和王屏藩两军联合，攻下了陕西南部的各州县。吴三桂马上拨银二十万两，犒劳王辅臣的军队，王辅臣因此对吴三桂更加忠心耿耿。

吴三桂安排王辅臣和王屏藩兵分两路攻打秦陇，自己则率兵前往常澧督战。临走之前，张氏又求吴三桂保全儿子吴应熊。吴三桂便把先前关押的两位钦差放了，让他们转告清政府，讲明自己的条件：一是要裂土分封，二是要回儿子吴应熊。随后，吴三桂又找到西藏达赖喇嘛，让他替自己给康熙帝写和谈信。

南方各省警报不断，在收到吴三桂的和谈要求后，康熙帝更是心中大乱，立刻召开了军事会议。会议中，大学士明珠提到要用精良的武器御敌，推荐了擅长制作火炮的钦天监副官南怀仁。康熙帝当即命南怀仁再招募一些擅长制作火炮的外国人，加快生产进程。

之后，明珠又建议处死吴应熊、警告达赖喇嘛，康熙帝一一照

做了。明珠分析了西安兵变，王辅臣的儿子王继贞曾经检举过反贼，如今尚在京城，他认为王辅臣造反一事十分蹊跷，让康熙帝传召王继贞。

这王继贞也听说了父亲造反的消息，跪在大殿上吓得魂不附体。康熙帝也不是铁石心肠的人，他问道："王辅臣造反一事，是不是主要因为与莫洛不和？"王继贞赶紧低头称是。康熙帝便安排王继贞招降王辅臣，答应可以宽恕他们父子俩。

这时候，甘肃提督张勇派人传来消息。原来吴三桂贿赂到张勇的头上，可惜张勇不为所动，反而跟清政府检举了此事。康熙帝大为赞赏，任命张勇为靖逆将军，协助周围需要支援的省份。

再说吴三桂到了湖南之后，让军队停止进攻北方。原来，他还在等着清政府的回复呢。可清政府根本不想把国家一半的领土分给他，反而直接把吴应熊杀了。吴三桂恼羞成怒，率兵来到湖北，打算和陕西的王辅臣一起进攻京城。

王辅臣造反之后，率兵打到了甘肃，攻下了不少的县市。张勇率兵抵抗期间，又听说宁夏提督陈福被反兵杀害，连忙请求清朝派兵支援。康熙帝马上让天津总兵赵良栋驰援宁夏，任命大学士都统图海为抚远大将军，负责西部战事。这时平凉被王辅臣攻下，图海便联合张勇前后夹击平凉。

图海是个有勇有谋的人，他猜测王辅臣会叫来王屏藩支援，便安排张勇阻截王屏藩的援军，自己则率兵攻打王辅臣。图海先是大张旗鼓地在平凉城外安营扎寨，听到城里有所动静之后，立马兵分两路，一路四散埋伏，一路假扮成清兵来到虎山墩。

等王辅臣率兵夜袭清兵军营的时候，发现营中空无一人，突然从四面八方跳出来不少的清兵，把他的军队团团围住。王辅臣好不容易杀出一条回城的血路，刚到城下，碰见了虎山墩的守兵，说是

16. 图海招降王辅臣

收到消息前来支援。

这虎山墩的地理位置极佳，可以把平凉城内的一举一动看得清清楚楚。清兵占领了虎山墩，又截断了粮道。正当王辅臣无计可施的时候，图海派出参议道周昌前来招降。

王辅臣此前见到儿子王继贞，表示愿意投降，还写了认罪书。但是清政府的赦免令迟迟没下来，王辅臣担心自己难逃一死。而周昌表示，图海十分赏识王辅臣的英勇，愿意以抚远大将军的名义替王辅臣作担保。

此时，张勇给图海发来捷报，说他们已经击退了王屏藩的军队。在内无粮草、外无援兵的情况下，图海断定王辅臣会投降。等到了第二天，王辅臣果然大开城门。图海派人把捷报送到京城，并请求赦免王辅臣的罪过。康熙帝言而有信，痛快地颁布了特赦令。

吴三桂正打算进攻北方的时候，突然收到了平凉失守、王辅臣投降清朝的消息，惊疑间，长沙也发来了警报。

 清 | 17. 高大节进攻江西

长沙由夏国相镇守，怎么忽然间就传来了警报？原来，江西的清兵打到了湖南，动用了几十尊西洋大炮攻打长沙。冷兵器打不过热兵器，夏国相这才急忙求援。

吴三桂本来还在犹豫是北上还是攻打平凉，这下不用选了，直接率兵回湖南。吴三桂先是安排马宝等人昼夜不停地赶回长沙支援，等他来到长沙城时，得知夏国相已经前往醴陵抵御清兵去了。吴三桂担心夏国相兵力不足，便派出自己手下最厉害的大将高大节前往支援。

不久高大节赶到醴陵，却见到夏国相一副愁眉苦脸的样子。夏国相原本已经打到了江西的腹地，正打算和耿精忠会合，清朝安亲王岳乐却击退了耿军，还从袁州进攻长沙。夏国相的军队不敌清兵的大炮，不得已之下退守醴陵。

高大节分析，认为岳乐既然打到了长沙，那么江西势必空虚。高大节决定率四千精兵绕到敌后突袭，夏国相仍正面对敌。

而清朝这边，安亲王岳乐击退了夏国相之后，安排简亲王喇布率兵移驻南昌，保护后方。等岳乐的军队逼近醴陵的时候，探马来报高大节已经率兵进攻袁州了。袁州是岳乐军队的后路，一旦失守，岳乐将腹背受敌。

17. 高大节进攻江西

这时候,部将伊坦布表示,可以让喇布前往袁州击退高大节。岳乐刚派出使节通知喇布,就收到夏国相从醴陵攻来的消息。岳乐急忙撤军,退了一百多里,到了一座山上才停下。岳乐刚安排士兵安营扎寨,山下便忽然传来大炮声。

岳乐担心山上也有埋伏,便安排士兵架起大炮朝着山上一阵乱轰。结果山上半天都没动静,岳乐大喊一声"中计了",懊悔损失了无数的炮弹。岳乐认为山上并没有敌人,便在半山腰休息了起来。

没想到的是,山上突然射来无数的冷箭,一群身穿明朝服饰的士兵朝着他们冲了过来。岳乐毫无防备,吓得骑马逃走了。大将军跑了,手下的士兵也作鸟兽散,连大炮都来不及抬走。

等岳乐率领残兵逃回袁州时,袁州早已插满了吴军的旗帜。而不远处,一支由喇布率领的清兵正在负隅抵抗吴军。没过多久,吴军将领高大节率领的军队打下了袁州、吉安等地,派人把捷报送给了吴三桂和胡国柱等人。

胡国柱收到战胜的消息十分欢喜,但是他手下副将韩大任因为和高大节有矛盾,在胡国柱面前说高大节有可能叛变。胡国柱被说动了,下令将高大节调回长沙,前线战事转交韩大任负责。

高大节不服气,不肯听从调遣。韩大任趁此机会,跟胡国柱说高大节拥兵自重。胡国柱听了很生气,又发出紧急诏令。高大节无奈之下回了长沙,不久后便郁郁而终了。

高大节临死之前,曾经写过一封信给夏国相,让他务必关注袁州的动态。夏国相收到信之后,马上加强长沙的防御,同时打算进攻江西。没想到的是,江西突然传来警报,说袁州被清兵攻下,而韩大任退守吉安。夏国相痛心疾首,感叹如果高大节还在不至于如此。

这时,长沙派遣马宝、王绪率领九千精兵,前往吉安支援韩大

任。马宝和王绪到了吉安城附近,看到城下都是清兵的军营,但是城门上鲜有守兵。马宝怀疑韩大任已经投降清兵,王绪则连开数炮,试探城内的反应。

可几声炮响之后,吉安城连个探头出来的士兵都没看到,两人心灰意冷,认定韩大任已经投降清朝。而这时候,驻守在吉安城下的喇布注意到马宝的军队,马上率兵追击。

马宝也是个有智谋的大将,他先是后退数里,清兵一靠近便乱箭齐发。如此来回了几次,清兵仍然甩不掉。马宝的耐心也被消磨殆尽,干脆掉头率兵和清兵正面对抗。而喇布是个欺软怕硬之人,看到马宝的军队如此威猛,打不过便一路上丢盔卸甲,仓皇退到吉安城下。

 **18. 吴三桂失势**

先前，喇布和马宝一个追、一个逃。韩大任在城里当缩头乌龟。等喇布退回城下，韩大任又不敢出兵驱赶，在天亮之前趁乱逃跑了。

而喇布刚经历过马宝的折磨惊魂未定，误以为韩大任是出来劫营的，便吩咐士兵们镇守大营。因此，韩大任竟毫发无伤地逃走了。

江西稳定之后，浙江在总督李之芳的镇守下，也是捷报不断。但广东那边情况不妙，正遭受着耿精忠和郑经的联合夹击，潮州、惠州已经失守。平南王尚可喜刚安排儿子尚之孝前往惠州阻截耿精忠，又听闻广西提督马雄叛变，也在攻打广东。尚可喜腹背受敌，更不幸的是，儿子尚之信把他关了起来，举起明朝的大旗造反。

尚可喜气绝身亡之后，尚之信更加嚣张，还被吴三桂封为辅德亲王。只不过吴三桂让尚之信提供银两和粮草，还把尚之信手底下几个得力干将换成自己的亲信。尚之信觉得吴三桂这个人并不可靠，和身边的人一商量，又把明朝的大旗降下，升起清朝的大旗。

耿精忠本来正攻打广东，听说尚之信又归顺清朝了，还没来得及应对，又听说福建被清兵攻入，赶紧率兵赶回福州。等耿精忠回到福州的时候，一切为时已晚，多个县市要么投降清朝，要么主动献城给郑经，耿精忠现在就像个光杆司令。

正巧这时，康亲王杰书的劝降书及时来到，耿精忠便顺势投降

了。耿精忠、尚之信两人投降的消息，很快便传到了朝堂。康熙帝还没解决完吴三桂这只大老虎，便允许他们戴罪立功。

南方各省逐渐平定，只有广西、云南仍旧逍遥法外。广西藩王孙延龄背叛清朝后，他的妻子孔郡主反复劝阻他，可孙延龄始终执迷不悟。等广东、福建的藩王先后投降，加上庆阳原知府傅弘烈组织农民军抵抗，孙延龄这才感觉到大难临头。犹豫了很久，孙延龄知道自己已经没有其他退路，只剩下求娘子这一条路。

孔郡主见到孙延龄，并不理会他，只是沉默着。孙延龄慢慢走到孔郡主身前，压低声音唤了几声郡主。孔郡主愁容满面，冷冷地说："叫我有什么用呢？"

孙延龄痛心道："从前不听你的话，现在后悔万分，此时局面危急万分，求郡主看在夫妻一场的分上，帮我解围。"

孔郡主嗔怪着说道："你这样忘恩负义，还让我念夫妻感情？我之前是怎么劝说你的？让你不要反叛，你偏偏不听，还对我有意见，自此便不来见我。你想做王爷是吧？你去做吧！我是个没福分的人，享不了你的福。"

说完，孔郡主将身子一扭，别过脸去，再不肯看一眼孙延龄。孙延龄一看这架势，哪还顾得上什么脸面，朝着郡主的脚边就跪了下去，哀求着说："求求郡主救我一命。"

孔郡主也不是铁石心肠的人，她本就对孙延龄有爱意，此刻一看孙延龄如此卑躬屈膝，心里也是十分不忍，只好说道："你现在后悔也迟了，我就算想帮你，我也没办法呀。"

孙延龄赶紧说："我愿意投降，但现在就是害怕皇上要治我的罪。你去京城一趟，去见太后，暗中为我说情，也许还有机会。只要能免了我的罪，我就算死了也感激你。"

孔郡主一听到"死"字，一下子没忍住眼泪，毕竟还是夫妻，

18. 吴三桂失势

便说道："你好好活着，别总咒自己，你要我去京城，那我便去。事不宜迟，我明天就动身。"

孙延龄一看说动了孔郡主，顿时喜极，急忙置办行装，次日便急急忙忙送孔郡主入京说情。

没过多久，傅弘烈也写了封劝降信，让孙延龄投降清朝。孙延龄回信请求傅弘烈先去广东跟清兵洽谈，代自己转达悔意。没想到的是，吴三桂知道了这件事，马上派出胡国柱和马宝率兵前往广东，又让侄孙吴世琮赶往广西。

吴世琮赶到广西桂林，写信给孙延龄让他出城领取军粮。孙延龄不疑有他，以为吴三桂还不知道自己已经投降清朝，便单枪匹马地出城。等孙延龄到了吴世琮的军营里，立刻被乱刀砍死。

这时，清朝武将莽依图正从广东出发去广西迎接孙延龄，收到胡国柱和马宝来攻的警报之后，马上掉头回去。好巧不巧，刚好在韶州城下碰到了胡国柱和马宝的军队。莽依图不敌胡国柱等人，退入韶州城防守。

莽依图看到城墙低矮，且不牢固，又急忙派人筑起一层土墙。随后，敌军的大炮从高处轰来，炸毁了矮墙，而这些土墙则挡住了大炮的侵袭。

又过了一会儿，清朝的援军到了，莽依图手下的军队士气大涨，内外夹攻之下击退了胡国柱的军队。胡国柱、马宝吃了败仗，慌乱地躲回湖南。而这时，安亲王岳乐接连攻下湖南十几个州县，吴三桂的领土越发狭小。

在数年的战争中，吴三桂痛失多名虎将，领土也越打越小。在大势已去的情况下，吴三桂于康熙十三年（1674年）建立了周朝国号，以明朝后裔当噱头掩盖其称帝目的。又过了四年，吴三桂干脆在衡州称帝，还搭起了几百个毛坯房，刷上金闪闪的黄色油漆，

当成自己的"皇宫"。

到了吴三桂称帝这天,本来是万里无云的好天气,突然间狂风大作,下起冰雹大雨。"皇宫"不仅被吹倒了一大半,连黄漆也掉色了。吴三桂硬着头皮举行了称帝典礼,自称为大周皇帝,封夏国相为宰相,封胡国柱、马宝为元帅。

这期间,安亲王岳乐已经攻下了永兴,永兴离衡州很近,永兴一失,衡州也危在旦夕。因此,胡国柱率兵猛攻永兴,打得清兵节节败退。但镇守永兴的大将硕岱也坚持抗争,一边加固城墙,一边攻打周军。一时间,两方始终都占不到多少便宜。

康熙帝担心夜长梦多,每每想要御驾亲征,结果都被大臣们拦了下来。有的大臣说:"京师才是重地,帝王不能远离。"还有的大臣说:"贼人已经快要失败了,不必亲自前去。"

康熙帝这才打消了御驾亲征的念头,责令诸位将军勠力同心,早日攻克贼人。

这边康熙帝打消了亲征念头,那边吴三桂也没闲着,因为继位时受了风寒,再加上吴三桂年近古稀,很快就生了一场大病,一连几个月都没好。到了八月,经常咯血,有时候神志不清,彻夜说胡话。

夏国相担心吴三桂日子不久了,便每天都带着文武官员进去请安问好。这天,夏国相又去病榻前请安,看见吴三桂双目紧闭,只是不停地呻吟着。

夏国相问其他将军:"皇上病得越来越重了,这可怎么办呢?"

其他将军还没来得及回答,就听见吴三桂忽然瞪着夏国相,大喊大叫着:"永历帝来了!皇上饶命!皇上饶命!"

夏国相被吓得不轻,赶紧凑近吴三桂的耳边,轻声说道:"皇上快醒醒……"

吴三桂好不容易醒转过来,看着眼前的夏国相和众将,老泪纵

18. 吴三桂失势

横,说道:"咱们都是患难之交,现如今,我还没有给你们什么好处,我却……"

吴三桂话没说完,喘息不断,已经没办法说上一句完整的话了。

夏国相安慰了一番,出去把太医请了进来,太医给吴三桂诊脉看病,退出去的时候和夏国相耳语道:"皇上怕是只有一天的光景了。"

夏国相听罢,也不言语,只是皱着眉头。

吴三桂这时喘息稍定,便招呼夏国相前来,问道:"我也想活啊,可是那些冤魂天天在我面前晃荡,我怕是要和你们长别了,不知前方战事怎么样了?"

夏国相安慰吴三桂说:"前方战事顺利,请皇上放宽心。"

吴三桂这才放下心来,让臣子们都退下,他要细细思索前方战事,等晚点再喊他们一起商议。夏国相等人于是退下。等到了二更天的时候,他们又一同入宫,只觉得到处都是阴风阵阵,刚进入宫门,就看见众多嫔妃挤在一起瑟瑟发抖。一打听,原来吴三桂又说胡话了,一会儿是"皇上饶命",一会儿是"父亲救我",吓得嫔妃们也不敢靠前。

夏国相等人硬着头皮上前,好一会儿,吴三桂才清醒过来,咳了几口血,对众位臣子说道:"你们坐吧,我有话要对你们说。我近来时常想起从前所做的事情,很多事情都做错了,今天后悔也来不及了。人之将死,其言也善。我的大儿子被我害死了,现在只剩下一个孙子吴世璠,他年纪还小,等我死了,你们要好好辅佐他。"

夏国相等人于是应命。

吴三国歇了一口气,又说道:"我要亲自书写遗嘱。"

无奈实在是病入膏肓,无力书写,夏国相赶紧说:"皇上不必过于劳累,我来代笔吧。"

　　夏国相接过笔,等了许久也没听见吴三桂说话,再一看,吴三桂已经昏厥了过去。众位臣子嫔妃一看,顿时哭起来。夏国相赶紧叫太医进来看病,太医折腾了一番,忽然说:"皇上只是被痰堵塞了,并未晏驾。大家不要再哭了。"

　　夏国相知道这不过是太医的说辞,其实吴三桂早已死了,他便制止众人,不得哭泣。夏国相退出宫外,急忙命令召回胡国柱、马宝二人。

　　二人快马加鞭赶了回来,夏国相偷偷告诉二人,吴三桂已经死了。

　　二人惊呼:"什么时候的事情?"

　　夏国相说:"就在昨天晚上,皇上有遗诏,命令我们辅佐太孙,我现在让宫中秘不发丧,请两位跟我一起辅佐太孙。"

　　二人答应了夏国相。

　　于是,众人将太孙迎接到宫中,接替了吴三桂的大位。

　　一代枭雄吴三桂,就这么离开了人世。

 清 | 19. 施琅收复台湾

吴三桂一死，清兵统领们都想抢功劳，个个都奋勇杀敌，打得周军节节败退，接连收复不少的失地。之前按照吴三桂的遗嘱，大周皇位由吴三桂的太孙吴世璠继承。吴世璠因为年纪太小，被胡国柱等人安排留守云南。眼下，大周的领土就只剩下云南这块地盘了。

云南多野象，周军常常使出野象阵，竟也赶跑了不少的清兵。但大周此时已经是穷途末路，野象阵抵御得了一时，抵御不了一世。不久后，清兵击杀胡国柱，生擒夏国相、马宝等人。等清兵闯入吴世璠的住所，吴世璠早已上吊自尽了。

清朝解决了吴三桂的派系之后，开始着手处理其他的藩王。之前尚之信虽然口口声声说要投降，但是不肯发兵攻打吴三桂。而尚之信的弟弟尚之孝派人到京城弹劾哥哥，还让都统王国栋当人证。

这事被尚之信知道了，他惊慌之下赶回广西杀人灭口。王国栋一死，不久后尚之信也被捉拿处死，尚之孝受牵连被革职查办。而耿精忠也被弟弟们举报，落得个跟尚之信一样的下场。

之后，康熙帝大赦天下，还减免了遭受兵灾的各省的赋税，深得民心。虽说三个藩王已经被铲除了，但是郑经仍旧不肯降服清朝，是个极大的隐患。清朝虽然收复了厦门的失地，但郑经退守台湾，清朝对他也无可奈何。

郑经的军队为清兵所败，退守台湾的这些年间，郑经满腔热血无处抒发，便天天沉溺于美色，不久后便病逝。郑经一死，大儿子郑克臧（zāng）接替他的位置。

郑克臧是郑经与婢女所生。虽然他知书达理，为人温和谦逊，但是偏偏大家都极其看不起他。郑经活着的时候，十分宠爱郑克臧，身边的人也不敢对郑克臧摆脸色。等郑经去世后，郑府的人竟合谋把他给毒死了。

郑克臧死后，弟弟郑克塽（shuǎng）接替郑经的爵位。由于郑克塽年龄很小，一切事情都由侍卫冯锡范决定。先前郑克臧被害，冯锡范就是主谋。眼下冯锡范得权，到处欺压台湾百姓，惹得人民怨声载道的。这事被福建总督姚启圣知道了，就写了封奏折给康熙帝，申请率兵收复台湾。

这姚启圣是武将出身，得到康亲王杰书的力荐，一步登天当了福建总督。当时驻扎在福建的亲王贵族、将军众多，他们手下的人霸占当地百姓的家产，强抢民女。等康亲王班师回朝时，这些士兵还打算将抢来的人与物一起带回。姚启圣从中设法，一面请康亲王下令阻止，一面暗中献上银钱以作补偿，挽救了福建百姓，因此大家对他感激涕零。

姚启圣虽然深受福建老百姓的爱戴，但是草民出身的他，并不受其他亲王贵族的待见。因此，姚启圣才想到要通过收复台湾来树立威严。

得到康熙帝的同意之后，姚启圣找来郑成功的旧部施琅，举荐他当福建水师提督。施琅熟知海上气候，力主早日出师攻打台湾。

一开始，姚启圣和施琅两人在出兵时机方面出现分歧，姚启圣主张在刮北风的时候军舰迎风攻打台湾，但是施琅认为应该反其道而行之，在刮南风的时候攻打澎湖湾，还让姚启圣留在福建提供粮

19. 施琅收复台湾

草。姚启圣十分信任施琅的能力，便干脆地答应了。

等到施琅率兵攻打澎湖岛时，澎湖岛的守将刘国轩防备十分严密，两军相持不下。忽然，海上起了飓风，波涛如山般向施琅的战船压了过来，刘国轩趁机冲向施琅的楼船，施琅这边也不惧怕，督促将士迎敌！

一支穿云箭忽然射向施琅，正中他的眼睛，施琅差点被射得跌倒在地。幸亏旁人掩护，一边抵挡刘国轩的进攻，一边掩护施琅撤退，这才保住了施琅一条命。

到了第二天早晨，施琅再度进攻，这次他将舰队分成三队，由自己率领一支舰队，部下率领另外两支舰队，另外还布置了后应舰队，准备一鼓作气消灭刘国轩的舰队。

刘国轩正准备坚守不出，忽然看到东南角云朵渐渐合在一起，于是急忙命令士兵出击。手下不解道："施琅气势汹汹前来，我们应该坚守不出。"

刘国轩说道："今天有大风，正是歼灭敌人的好时候，不可坚守！"

手下于是疑惑道："主帅怎么知道今天有大风？"

刘国轩指着东南方向说："你在海上多年，难道不知道海上的气候吗？云合在一起，就是有大风天气，打起雷来，就是风停下来的时候。"

手下这才注意到东南方向的天气，于是大喜，率领战舰出去迎敌。刚出去就遇到了一艘敌人的战舰，上书"蓝理"二字，得知这正是清军前锋蓝理的战舰，马上命令士兵准备开战！

这时正好是炎热的夏天，蓝理脱了上衣，站在船头，手里拿着双刀，将几个试图登舰的敌人砍翻，刘国轩的士兵一看对方使双刀，于是拿着长枪乱刺，蓝理也不管不顾，提着双刀就是一阵

乱砍。关键时刻，蓝理忽然仰面而倒。刘国轩那边有人大喊："蓝理死了！"

蓝理一听，马上一跃而起："谁说我死了！老子还活着！倒是你们那边喊话的人死了！"

施琅听说蓝理受伤了，赶紧率领军舰过来支援，看见蓝理已经浑身是血，急忙让蓝理的弟弟掩护蓝理撤退。

说时迟，那时快，刘国轩见施琅前来支援，急忙率领舰队前来接应，两方舰队顿时杀在一处，喊声、杀声、哭喊声震天响。突然间，天空一声霹雳，响彻整个海湾，刘国轩惊恐万分，部下也是面露怯色，军心顿时乱成一团，纷纷丢盔弃甲准备撤退。清军瞅准时机，焚烧了刘国轩百余艘战舰。刘国轩赶紧仓促退军，眼见四面八方都是清军，只好往台湾方向逃跑。

施琅乘胜追击，舰队到了鹿耳门，因为水浅而战舰搁置，不能动弹，刘国轩又杀了过来，危急万分之时，蓝理又来救援，一手拿刀，一手拿盾，连斩数十人。施琅十分感激蓝理相救，握着他的手说："多亏你了，你的伤怎么样了？"

蓝理笑着说："主帅有难，我就是伤口裂开死了，也顾不上！"

到了第二天，海上大雾弥漫，海浪高达数丈，施琅、蓝理趁机进攻，刘国轩在岛上看见清军随着潮水袭来，叹息道："听说国姓爷打台湾的时候，鹿耳门涨潮，现在鹿耳门又涨潮了，这大概就是天意吧。"说罢，派遣使者投降，献出台湾岛。

自顺治十八年（1661年）开始，到郑成功收复台湾，已经过去了二十三年了，现如今，亡在了刘国轩手里。

施琅收回台湾之后，清政府在台湾设立一府三县，把台湾划入福建的管辖范围。经此一役，清朝也扬名海外，不仅周边的小国家主动遣使朝贡，就连远在欧洲的一些国家也派出使者，请求清朝开放沿海的通商口岸。清朝于是在广东、福建、浙江设立海关，打下了沿海贸易的基础。

 清 | **20. 康熙帝亲征噶尔丹**

清朝刚成立的时候，俄国武将喀巴罗率兵占领了黑龙江北岸的雅克萨城。清朝因为刚入关不久，根基不稳，加上国内战乱频发，一时间没有心思去处理。等平定藩王之后，康熙帝派副都统郎坦去打探雅克萨城的情况。

郎坦假借打猎的名义，前往黑龙江北岸察看雅克萨城的防守情况。郎坦发现，镇守在雅克萨城的俄军非常少，只有数百人，便回来上报。

康熙帝没有贸然进军，而是先派人制造大船，又设立了墨尔根、齐齐哈尔两座城池，在城池之间设立驿站，方便水、陆粮草运输。同时，康熙帝命令蒙古断绝跟俄罗斯的商贸往来。做好这些准备之后，康熙帝派人到雅克萨城劝降，意料之中地遭到了回绝。

不久之后，清兵大举进攻雅克萨城，赶跑了城内的俄国人。俄国皇帝见情况不对，连忙同意和大清议和，地点则选在了黑龙江东岸的尼布楚。在会谈的过程中，清政府代表索额图已经有所让步，但俄国人始终坚持索要黑龙江北岸的领土。

索额图见俄国人如此顽固，便召集军队到尼布楚城下，打算直接攻城。俄国使臣看到城门外排列整齐的大炮，吓得哆哆嗦嗦，当即答应签订《尼布楚条约》。自此之后，中俄百年间和平往来，再

20. 康熙帝亲征噶尔丹

无干戈。

之前索额图去议和的时候,本来打算从蒙古直接过去的,但因为那边正在打仗,便绕道前往。战争起初是因为外蒙古两个部落的首领争夺美人,事态演变到后面,变成了领土吞并战。厄鲁特蒙古准噶(gá)尔部首领噶尔丹趁机作乱,一路东突西进,接连吞并了好几个部落,逼得外蒙古部落首领向清廷求援。

噶尔丹表面上向清朝遣使朝贡,背地里却操练军队。康熙二十九年(1690年),他以追击喀尔喀部落余孽为由,大举进攻内蒙古。噶尔丹见清将阿尔尼率领蒙古兵前来抵抗,便假装战败,退走几里,又突然杀了回来,打得阿尔尼落败而逃。

康熙帝得知前方战报,决定亲自出征。他任命裕亲王福全为抚远大将军,带着皇子胤禔(zhī)一起出征长城古北口;任命恭亲王常宁为安北大将军,带着简亲王雅布出征长城喜峰口;让尚书阿尔尼率领旧部支援裕亲王。

康熙帝一行刚出长城,便听说恭亲王的军队被噶尔丹击退了。没多久,康熙帝又收到消息说噶尔丹的先锋队到了乌兰布通,离北京只有七百里了,便急忙让裕亲王前往乌兰布通阻截敌军。

裕亲王奋勇杀敌,打得噶尔丹的军队东逃西窜,次日噶尔丹便递上了求和信。裕亲王以为噶尔丹是真的被打服气了,便得意扬扬地上报给康熙帝。康熙帝一眼看穿了噶尔丹的缓兵之计,连忙让裕亲王阻截噶尔丹。但等裕亲王再追噶尔丹的时候,噶尔丹已经逃回了大本营。

两年后,噶尔丹卷土重来,不停地在边境挑衅,还劝说蒙古的科尔沁亲王造反。康熙帝收到科尔沁亲王的举报信之后,让他假意答应噶尔丹,而康熙帝则率兵亲征,命令军队分东、西、中三路出击。噶尔丹在大战中不敌清兵与大炮,连统率娘子军的妃子阿奴都阵亡

康熙帝亲征噶尔丹

了。等噶尔丹回到厄鲁特的时候,他的侄子策妄阿拉布坦为报噶尔丹杀兄自立之仇,占据准噶尔为王,不让噶尔丹回去。

20. 康熙帝亲征噶尔丹

这时,清朝向噶尔丹发来劝降书,但噶尔丹不愿归降。第二年,康熙帝再次亲征,噶尔丹无路可走,竟服毒自尽了。之后,清朝整顿内外蒙古,外蒙古也归顺了清朝。

清朝在康熙帝的带领下,收复了不少的领土,中国版图实现大一统。康熙帝励精图治,国家一片繁荣富强的景象。可惜清官难断家务事,就连康熙帝自己都理不清皇宫的乱象。

 清 | **21. 雍正帝登位**

康熙帝有二十多个皇子，其中长子胤禔曾经协助裕亲王平定外蒙古。胤禔论年纪、资历，都比较适合当康熙帝的继承人，但他是妃嫔所生。

皇后赫舍里氏生下儿子胤礽（réng）之后，便撒手人寰了。康熙帝十分怀念皇后，加上胤礽又是皇后生的唯一子嗣，便合情合理地立他为太子。胤礽在万般宠爱中长大，康熙帝亲征噶尔丹的时候，甚至让他代理朝政。胤礽也不负期望，把大清管理得有条不紊。

内外蒙古都稳定下来之后，康熙帝就闲散了下来，开始赏花作诗，和一些文人探讨学问，生活过得逍遥自在。康熙帝后宫的女人都想要自己的儿子当太子，纷纷在他耳边说胤礽的坏话。康熙帝虽然不太理会妃嫔们的闲言碎语，但是皇子们也开始勾结起来，轮番在康熙帝面前说胤礽的不是。

俗话说，三人成虎。康熙帝听得多了，便也信以为真，康熙四十七年（1708年）七月下了一道圣旨把胤礽废了。胤礽失去太子之位后，不仅被关在咸安宫里不得自由出入，还整天被自己的兄弟皇长子胤禔和四皇子胤禛（zhēn）看守，心里别提有多郁闷了。

这时候，其余的皇子个个都绞尽脑汁想当太子。八皇子胤禩（sì）私底下和胤禔勾结，让胤禔帮助自己当太子。胤禔给胤禩出了个主

21. 雍正帝登位

意,说他认识一个会下蛊的蒙古喇嘛,可以让喇嘛下咒把胤礽害死。

胤禩大喜,当即托付给胤禔去办。胤禔去见了蒙古喇嘛,回来的路上想着自己是长子,当是太子之位的热门人选,为何要扶持胤禩当太子呢?胤禔茅塞顿开,马上找到康熙帝,举报胤禩想谋害胤礽,争夺太子之位。胤禩被抓之后,马上也把胤禔跟蒙古喇嘛勾结一事捅了出来。

康熙帝看到自己的两个儿子为了争夺皇位不择手段,一气之下生了场大病。康熙帝卧病在床期间,四皇子胤禛早晚问安,深得康熙帝的喜爱。胤禛揣度康熙帝的心思,经常有意无意地提起胤礽是被人陷害。康熙帝便释放了胤礽,第二年又恢复了他的太子之位。

但康熙帝迈入花甲之年后,看待问题已经浑浊不辨。康熙五十一年(1712年),太子又一次惹怒康熙帝,康熙帝再次废除他的太子之位。不久,康熙帝病逝。皇亲隆科多宣布康熙帝的遗嘱,竟是立四皇子胤禛当皇帝。平日里胤禛就与自己这位身为理藩院尚书的舅舅隆科多走得极近,遗嘱一出,其他的皇子虽纷纷提出质疑,可此时大局已定,皇子们再怎么怀疑,也只能认命了。

胤禛称帝后,改年号为雍正,以次年为雍正元年。雍正帝生性多疑,性格阴晴不定,康熙帝在世时,雍正帝曾经恳请父亲让史官删除关于自己性格阴沉的记载。

胤禛继位之后,马上调回镇守边境的抚远大将军,也就是十四皇子胤禵(tí),任命自己的亲信年羹(gēng)尧继任。

雍正帝还是四皇子的时候结交了一群绿林好汉,他们的首领就是年羹尧,这些人专门在暗处帮他做事。他们研究出一种秘密武器"血滴子",能割人头,化成血水,令人闻风丧胆。

胤禛继位后也曾为立太子的事犯愁。先前康熙帝立太子,惹得皇子之间纷争不断,雍正帝也是亲有体会。到了雍正帝选太子的时

候，他干脆另辟蹊径，事先写好太子的名字，藏在大殿上"正大光明"牌匾的后面。

雍正帝在位期间，他的皇族弟兄们有好几个突然暴毙，都查不出病因。雍正帝生性多疑，连自己的兄弟手足都不放过，更别说身边的亲信了。大将军年羹尧虽然和雍正帝从小便相识，但是他也害怕雍正帝对自己下手，于是早早地就把自己的小儿子送到教书先生的家里收养。

果不其然，不久后年羹尧被调回杭州。京城里的大臣都认为雍正帝这是要就近处置年羹尧，纷纷跳出来举报年羹尧贪赃枉法、强抢民女等不法行为。雍正帝非常生气，直接把年羹尧派去看守城门。

没想到年羹尧这个人，虽然品行不好，但是工作态度极其认真。年羹尧在看守城门的时候非常严格，连亲王贵族都不怕得罪。这下可是惹恼了众人，更多的人开始捏造罪行污蔑年羹尧。最后年羹尧顶着近百条罪名，在雍正帝的安排下自杀了。

22. 雍正帝的文化专制

年羹尧死后，隆科多也被关了禁闭。先前雍正帝根基不稳的时候，外有年羹尧，内有隆科多，里应外合辅佐雍正帝。等雍正帝坐稳皇位之后，这些曾经的功臣统统被处置了。而年羹尧组织起来的绿林好汉，也被雍正帝派人杀害，血滴子也因此失传。

也就是这个时候，"文字狱"开始兴起。在科举考试时，江西考官查嗣庭出了个题目，其中提到《大学》里"维民所止"这一句话。有人看到了，说"维"和"止"这两个字，正是"雍"和"正"这两个字的下半部分。这个分析挑不出毛病，但那人接下来的话令人大跌眼镜：查嗣庭把皇帝脑袋砍去了，是要造反！

因为这个缘故，查嗣庭被抓进监狱，后来被活活气死了。而雍正帝也认为他大不敬，不仅把他的尸体游街示众，还把他家人都发配到边疆去了。

另外还有一个严重的案例。浙江有个叫吕留良的读书人，生前写过不少的书籍，其中对于清朝的历史、乱象直言不讳。因为清朝文字狱盛行，他的书籍才没有广为流传。吕留良的作品经由两个徒弟抄录，被一个叫曾静的人看到了。

曾静很欣赏吕留良的作品，读了之后大为赞赏。当时正逢雍正帝残害同胞、抹杀功臣，曾静竟因此想着要把满洲人赶出中原。而

曾静的学生张熙自告奋勇,去找岳飞的后代、如今的川陕总督岳钟琪商量反清的事。没想到岳钟琪听说张熙的来意之后,直接逼问他背后的主谋是谁。

张熙口风很紧,只说一切都是自己的主张。岳钟琪严刑逼供之时,张熙竟戏谑主谋是岳钟琪的祖上岳飞!岳钟琪怒不可遏,把张熙暴打一顿,关进了监狱里。

张熙在监狱里躺了几天,每天都因为伤痛呻吟不已。此时,忽然有人悄悄地进入关押张熙的牢房。张熙一问,原来竟是岳钟琪私底下派来的。此人声称岳钟琪也有谋反的想法,但是张熙过于张扬,竟然当着旁人的面直言反清。岳钟琪不便明言,只好导演了一出苦肉计。

这岳钟琪当面黑脸,背后白脸,真的只是为了掩人耳目吗?原来,张熙死活不肯说出背后主谋的名字,岳钟琪便假装明面上闹翻,私底下联系,以这种方式诱骗张熙吐露真言。

张熙信以为真,便说出了曾静的名字。这下可好,曾静也被抓了,不久又供出吕留良的两个徒弟,雍正帝便饶了张熙、曾静的性命。此时吕留良早已去世,雍正帝竟把吕留良的徒弟及家人全都杀了。只有吕留良的女儿吕四娘学有一身本领,护着老母亲逃走了。

时间来到雍正十三年(1735年),一天,雍正帝找几位亲王大臣商量国事。白天还好好的,散会之后,雍正帝突然间暴毙身亡。在皇宫里乱成一团之际,庄亲王突然想到乾清宫的牌匾上写了太子的名字,便率领太监到乾清宫取下了秘匣。只见里面的圣谕上写着的名字是四皇子弘历。

于是,四皇子弘历继位,改年号为乾隆,以次年为乾隆元年(1736年)。弘历继位后,大赦天下。他不仅把雍正帝的兄弟全部加封爵位,还为死去的亲王贵族平冤、追封谥号。而那些因为文字狱而遭受牢狱之灾的平民官员，也大多数被释放。一时间，全国上下的百姓都对乾隆帝感激涕零。

此时，云南周边发生动乱，乾隆帝任命张广泗为七省经略，统率本部及各省援兵前往平叛。数月之后，战火平息，海内承平。乾隆帝便专注于文教的发展。

乾隆帝派大学士制定出完善的礼乐制度，之后，下令开放文科考试，让全国的读书人进京赶考。从这些考生中评定甲乙两个等级，甲等五人，授予翰林院编修，乙等十人，授予翰林院检讨及庶吉士。

就在乾隆帝打算励精图治的时候，影响乾隆帝乃至整个大清的绊脚石出现了。

23. 乾隆身世之谜

乾隆十五年（1750 年）的一天，乾隆帝正在圆明园里闲游。走着走着，猛烈的太阳便从云层里冒出头来了。但是负责拿伞的侍卫竟然没带伞，乾隆帝一边擦着额头上的汗珠，一边怒斥那个失职的侍卫。

这时，突然随从中有人说道："典守者不得辞其责。"乾隆帝看过去，发现说这话的是一个年轻俊朗的侍卫，他自称叫和珅，曾经是满洲官学的学生，现在御前奉职。

乾隆帝觉得这人既然有学问，当个只会舞刀弄枪的侍卫可惜了，便说要派给他别的好差事。和珅感激涕零，当即重重磕了九个响头，高声谢恩。

从此之后，和珅天天跟在乾隆帝身后，有问必答，时时奉承。和珅能说会道，善于察言观色，揣度人心，深得乾隆帝的喜爱，竟靠着一张嘴巴当上了宫中总管。

乾隆帝一直想去南方游山玩水，但是从京城到南方实在是山高水远，要耗费不少的钱财。乾隆帝有所顾忌。和珅知道后，对乾隆帝说道："康熙帝六下江南，人们反而称赞圣祖皇帝关怀百姓。而尧舜是历史上的圣君，也是五年巡回狩猎一次。况且现在国库充足，您作为皇上完全可以动用部分金银，丝毫不影响大局。"

乾隆帝本来就拿古代圣贤君主当偶像，听了和珅这番话，正中下怀，高高兴兴地让和珅准备南巡的事宜去了。

和珅当然不会放过这个赚钱的好机会，他负责督造龙船，建得极尽奢华。国库里的钱哗啦啦地流出去，有不少被和珅收入囊中。乾隆帝只看到和珅忙前忙后，差事办得漂亮，还给他升职做了侍郎。

乾隆帝南巡途中，人人都知道要巴结皇帝面前的大红人和珅，只要和珅说好，乾隆帝就会点头。因此，和珅的名气越来越大，借机捞了不少的油水。而乾隆帝只管带着太后和妃子们游玩于山水之间，哪里会管身后琐碎事。

等乾隆帝来到杭州的观潮楼时，海宁的陈阁老突然派儿子来恭迎圣驾。这陈阁老听说乾隆帝要来杭州，早早地便把家里装修得富丽堂皇，只等皇帝亲临。乾隆帝觉得莫名其妙，但太后叫他前往，便来到了陈阁老的家中。

没想到的是，乾隆帝长得和陈阁老有七八分相似，陈阁老的夫人也止不住地偷偷盯着乾隆帝看。乾隆帝心中疑惑，私底下派出和珅调查此事。

到了晚上，和珅四处溜达，走到了陈家大总管的房门外。陈家大总管的房间里有好几道人影，正小声地议论着什么，和珅弯腰凑上前去偷听，竟然听到一个惊天大秘密——

原来，陈老太太数年前生过一个男孩，被如今的皇太后带到宫里去了。等再送回来的时候，男孩变成了女孩。而被换去的男孩，很有可能是如今的乾隆帝！

听了这番话之后，和珅惊魂未定地走开了，踉踉跄跄地回到自己的房间。第二天早晨，和珅才去乾隆帝那里请安。乾隆帝忙问和珅是否打探到了什么消息。和珅担心自己说出来会被砍头，求乾隆帝先饶了自己死罪之后，这才敢把事情一五一十地说出来。

乾隆帝听了之后沉默许久，只嘱咐了一句"切勿多言"。乾隆帝又在陈阁老家中住了几天，这才打道回京。

24. 中缅战端开启

之前缅甸把永历帝献给清朝之后，双方数十年间毫无往来。后来，缅甸发生内战，木疏地方的一个土司，名叫雍籍牙，平定内乱当了缅甸王。但是桂家和木邦两个地方的土司不答应，率兵攻打缅甸王。

缅甸王灭了桂家、木邦的军队，而桂家的土司宫里雁则流亡到云南。这桂家原本是明朝官员的后裔，开过波龙银厂，身家十分雄厚。云南总督吴达善知道了，就趁火打劫让宫里雁交出全部钱财。宫里雁不肯，吴达善就把他驱逐出境。

宫里雁流亡到孟连后，孟连土司刁派春把他抓了起来，不仅抢走了宫里雁的全部钱财，还夺走了他的老婆孩子。宫里雁的老婆叫囊占，是个有勇有谋的美人。囊占被刁派春看中之后，假装答应嫁给他，前提是把自己的家人都放了。

刁派春大喜，把囊占的家人放走了，还选了个良辰吉日和囊占成婚。婚礼当天，囊占让刁派春喝了不少的酒。等刁派春醉得不省人事之后，囊占喊来旧仆把刁派春砍成肉泥，自己则逃到了孟艮部。

囊占到了孟艮才知道，自己的丈夫被刁派春送回云南，死于吴达善的刀下。囊占哭得梨花带雨，请求孟艮土司为宫里雁报仇。孟艮土司看到美人如此凄惨，便亲自率兵攻打云南。

24. 中缅战端开启

此时，吴达善收到了边防告急的消息，竟然派人收买京城的官员，让他们把自己调到川陕，而原湖北巡抚刘藻则被派到云南御敌。

刘藻临危受命，安排手底下的人兵分三路攻打敌军。结果，三路都战败而归。清政府问责刘藻，又派出大学士杨应琚前来督军。刘藻担心杨应琚会处置自己，极度惊恐之下，竟然自杀身亡了。

等杨应琚到了云南，刚好遇上边境暴发疫病，孟艮的士兵大多数染了病，无法抵御清兵。杨应琚乘胜追击，打得孟艮士兵节节败退。杨应琚看到此时的缅甸新政权不稳固，便借机进攻缅甸。

杨应琚一面吹嘘自己有五十万士兵，一千门大炮，劝说缅甸王尽快投降；一面又派人联络各地土司，让他们向大清纳贡。但是缅甸王丝毫不害怕，还主动率兵出击中国边境。而缅甸各地的土司又不是诚心归附，总是左右摇摆。

杨应琚派兵出击缅甸，没想到首战便吃了败仗。杨应琚急得生了场大病，清政府连忙派出两广总督杨廷璋到云南协助。缅甸王听说清兵来了援军，假装退兵求和。云南提督李时升信以为真，便派人和缅甸王商谈议和条款。

这时候，杨应琚的病不治而愈，杨廷璋也离开了云南。没想到边境突然传来缅甸士兵进攻的消息。李时升镇守边境，看到缅甸人进攻了，竟然不敢抵抗。而杨应琚因担心清政府怪罪自己，也不敢上报边境的情况。

等清政府意识到事态不对，急忙派出巡抚鄂宁代理云贵事务。鄂宁到了云南之后，发现杨应琚谎报军情、贪污腐败，便把这些情况统统上报给清政府。不久后，杨应琚畏罪自杀。之后伊犁将军明瑞抵达云南，正式负责管理云贵军务。

明瑞先后调动两万多名清兵，兵分两路攻打缅甸。一队为北路

军,由额尔景额率领,另一队南路军则由明瑞亲自率领。由于雨天气候不佳,道路泥泞难行,等明瑞率军抵达木邦时,对方早就人去楼空了。明瑞在木邦修建粮道,接连攻下缅兵十二垒。这时,清政府为了鼓励明瑞,特封他为诚勇嘉毅公。

明瑞受到奖赏后,便更加不顾一切,盲目地向着缅甸进攻。彼时,道路十分泥泞崎岖,加上粮草不足,马都饿瘦了,更别提士兵们已经饿得前胸贴后背。明瑞在没有向导的路上走了半天,实在没找到另一路人马的踪影。他自己也顶不住了,便带着士兵返回猛笼,抢得敌军的一些粮草。

休整几天后,明瑞的军队再次逼近木邦。而这时候,四面埋伏的敌人突然跃出,把清兵团团围住。明瑞左右环顾,发现敌军竟然有好几万人。

这下,明瑞的大军可命悬一线了。

# 25. 傅恒降伏缅甸

明瑞先前命令大军连夜赶路，折腾得士兵们精疲力竭，即便是休整了好几天，士气也大不如前。如今，缅甸军乘虚而入，密集的敌军像潮水一样涌来。

在重重包围之下，明瑞做好了赴死的打算，他安排部分士兵突出重围，自己率领剩下的人殊死搏斗。战况十分惨烈，明瑞的军队击退一波进攻，紧接着又有一群敌人冲上来。清兵横尸遍野，连明瑞本人都中弹身亡。

最后，只剩下哈国兴带着几百个士兵趁乱逃跑，回到云南边境通风报信。

而明瑞生前苦苦等待的北路军，又在何方？原来，北路军被缅甸军纠缠，打了一个月的仗。之后，额尔景额去世，弟弟额尔登额行军过程中屡吃败仗，只能暂时后退。而这时，木邦传来告急的消息。云南总督鄂宁下了七次命令，催促额尔登额去支援明瑞。

而额尔登额这人却行事反常，慢悠悠地绕远路前往。等额尔登额的军队赶到木邦时，战场上早已经骸骨遍地，分不清哪具尸体是明瑞的了。

云南战败的消息传到北京，乾隆帝龙颜大怒，命令鄂宁把额尔登额等人抓到京城治罪。额尔登额被带到京城不久后便人头落地，

25. 傅恒降伏缅甸

家人也被发配到边疆充军。乾隆帝又任命傅恒为经略大臣，阿里衮、阿桂为副将军，赶往云南对抗缅甸军。

傅恒等人到了云南之后，水陆并用，兵分三路攻打缅甸。他们调用了精锐部队五六万人，还借调了京城的神机火器、四川的九节铜炮、云南的军装药械等。此外，还有白银数千万两，可谓是准备充足。

清朝的大军浩浩荡荡地开到了缅甸，沿途的土司见到这阵势，都担心清兵的大炮把自己的部落夷为平地，纷纷抢着纳贡臣服。奈何清兵水土不服，不少人生了病，傅恒只好暂时退居蛮莫。

阿桂等人在蛮莫镇守期间，也没有闲着，天天找材料造军舰。没过多久，就造出了上百艘军舰。军舰造好后，各地的水师也赶了过来。副将哈国兴率领军舰出击，而阿桂率领步兵攻打缅甸军军营。

水陆夹击之下，缅甸军败逃。正当哈国兴想乘胜追击的时候，一阵阵大风刮过，吹得清兵的军舰互相撞击，几千名士兵落水淹死。经此变故，傅恒不敢继续往前，便攻老官屯的敌营。

老官屯这个地方，原本是清朝的屯兵处，缅甸军占领之后，砍倒大树的树干横放作为防护。清兵进攻的子弹、大炮，都被这些障碍物挡住。清兵晚上带着燃料，打算去放火烧树。没想到天公不作美。当晚是逆风，烧不着老官屯不说，清兵还把自己的盾牌给点燃了。

阿桂仍旧不死心，派人在老官屯周围埋下火药，准备炸开敌营的栅门。可惜的是，炸药也没什么作用。

傅恒等人接连使用了水攻、火攻、炸药轰炸，虽然不能击退缅甸军，但是在一定程度上产生了震慑的效果。没过多久，缅甸军便派人前来求和。傅恒等人也打得十分疲惫，便欣然签订了停

战条款。

按照条款上的内容,清朝把木邦等地归还给缅甸,缅甸则归还清朝俘虏,每年纳贡。但实际上,缅甸并没有按时缴纳贡品,中缅边境仍旧摩擦不断。再加上缅甸攻下了暹(xiān)罗,气焰更是嚣张。乾隆帝再令阿桂赶赴云南,平定边境。

而这时候,缅甸发生内乱。暹罗趁此机会赶跑了缅甸军,还派兵进攻缅甸,又积极地向清朝遣使纳贡。缅甸新首领担心清朝和暹罗两面夹击,便乖乖地归顺中国,不再惹是生非。

动乱平定之后,年迈的乾隆帝就开始琢磨起继承人的事情。先前,乾隆帝到处南巡,游山玩水之际,免不了让文人墨客写诗作序。乾隆帝看到这些作品,觉得古今文化的精华都该编纂起来,合成一部完整的图书。

于是,大才子纪昀(yún)便闪亮登场了。

 清 | **26. 纪晓岚巧答乾隆帝**

纪昀,字晓岚,纪晓岚这个名字在中国历史上可谓是家喻户晓。他曾经得罪过乾隆帝,愣是靠着一张三寸不烂之舌,把自己从鬼门关上拉了回来。这事还是发生在纪晓岚编校《四库全书》的时候。

那时是夏天,天气十分炎热,纪晓岚又是个大胖子,自然更加怕热。他在编纂图书的时候只穿了件褂子,露出两只肉乎乎的胳膊。纪晓岚一边摇着蒲扇,一边工作,俨然把五库全书馆当成了自己的家一般。

十分不巧的是,乾隆帝刚好来馆里看看《四库全书》的编纂进度。乾隆帝走进馆内时,纪晓岚衣冠不整,自然是不敢直接面圣,情急之下,干脆钻进了桌子下面,借桌布遮挡自己。纪晓岚缩在桌子底下,静悄悄地等乾隆帝离开。

这一幕,恰好被乾隆帝看到。乾隆帝让馆里其他的人继续工作,自己则不动声色地坐到纪晓岚的位置上。纪晓岚在桌子底下等了老半天,热得汗流浃背,见馆内鸦雀无声,他忍不住探出头来问道:"那老头子还在吗?"话刚说完,就看到乾隆帝正端坐一旁。

"纪晓岚,你胆子可真够大的!"乾隆帝龙袖一甩,冷哼一声,说道:"假如你说不出叫我'老头子'的合适理由,恐怕等会你就要去刑部'领赏'了!"

纪晓岚只好从桌子底下出来，赶紧穿好衣服，然后从容不迫地解释道："'老头子'这三个字，是对皇帝您的尊称。您是万岁爷，自然可以说'老'。您同时也是全天下的领袖，这就是头。而且您

26. 纪晓岚巧答乾隆帝

贵为天子,这三处加在一起,正好对应'老头子'!"

乾隆帝听了之后,龙颜大悦,免了纪晓岚的死罪。自此之后,乾隆帝更加看重纪晓岚,多次给他升官。

纪晓岚出言不慎,通过一番巧舌得以保全性命,也是一个特殊的个例。要知道,乾隆帝虽然重视文化的发展,但是他对文人的言行举止也十分敏感。在乾隆帝掌权期间,不少的文人因为在不经意间犯下忌讳,被人举报,直接落得个死罪的下场。甚至已经去世的人,尸体还要被挖出来鞭打。

也正因如此,擅长阿谀奉承的奸臣越来越多,其中的代表就是大学士和珅。和珅从一个小小的随身侍卫,步步高升做到大学士。乾隆帝走到哪里都要带着和珅,甚至把自己最疼爱的十公主许配给和珅的儿子。

和珅权势滔天,几乎是一人之下、万人之上,朝堂上下,从中央到地方,多是他的党羽。他把持朝政近三十年,家里珍藏的东西比皇宫里的还豪华。和珅只手遮天,他的家奴刘全也借机捞了不少的油水,还在市井之中横行霸道。

御史曹锡宝看不下去了,实名举报刘全贪污。乾隆帝派人去调查此事,没想到上下官员串通一气,并不细查,直接反咬曹锡宝一口,给他扣上了造谣的罪名。从此,再也没有人敢打和珅的主意。

和珅之所以嚣张,完全依仗着乾隆帝的宠信,但是乾隆帝总有退位的一天。乾隆帝年轻的时候,曾经发过誓,当皇帝六十年就足够了。等乾隆帝执政六十年之后,他果然有了退位的想法。

和珅知道后,连忙腆着脸劝说乾隆帝不要退位。但是乾隆帝态度坚定,还让手底下的大臣筹措禅位的事宜。和珅担心乾隆帝退位后自己没有靠山,便转而去巴结皇太子颙琰(yǒng yǎn)。没想到皇太子不吃他这一套,冷冷地把他给打发了。

 清 | 27. 嘉庆帝严办和珅

等到了嘉庆元年（1796年）的第一天，太和殿举行禅位仪式，乾隆帝把玉玺交给皇太子颙琰。颙琰继位之后，马上宣布乾隆帝为太上皇。内禅大典办得风风光光，唯独和珅一人满面愁容。好在太上皇在世一天，嘉庆帝仍表面上敬重和珅一天。

之后几年里，西南地区白莲教引发动乱，久久不能平定。此时，太上皇也因病驾崩了。太上皇临死之前，望着西南的方向，久久不肯瞑目。嘉庆帝秉承太上皇的遗愿，决心一举剿灭叛匪。可朝廷上下贪污腐败，分发的军饷到了地方都被克扣了，士兵们哪里有动力打仗？

嘉庆帝心里十分悲痛，他认为军队出现问题的根本原因既然是贪污腐败，那么就要从源头下手。因此，他安排军机大臣拟了一道圣旨，告知四川、湖北和陕西各省的将领，让他们好好打仗，否则贪污受贿、玩忽职守的人都将受到严法处置。圣旨一下，第一个被处理的，就是大学士和珅。

乾隆帝驾崩之后，和珅知道自己死期将至。先前他贪赃枉法、操弄权势的时候，丝毫没有考虑到如今的局势。现在乾隆帝这座大靠山一倒，和珅便急忙着手处置自家财产。

正当和珅手忙脚乱地收拾名贵古董之时，嘉庆帝派来的人就闯

27. 嘉庆帝严办和珅

了进来。

这些人气势汹汹,府上的家仆拦都拦不住。和珅见了这些人,心里已经明白了。为首的人拿出圣旨,和珅便自觉地跪在地上听旨。宣读完和珅的罪状,来人直接让左右的人把和珅抓了起来。和珅跪在地上求情,但是这些人是奉旨行事,根本不听他狡辩。

和珅的家人吓得不轻,马上找到十公主,跪着请她帮忙想想办法。十公主也不愿意看到自己的老公公被处死,便马上进宫找嘉庆帝求情。

嘉庆帝早就想处置和珅,只不过碍于太上皇的颜面没有动手。即便十公主声泪俱下地求情,嘉庆帝也坚持要处死和珅,只答应祸不及家人。过了两天,嘉庆帝发布一道旨意,让各位官员如实揭发和珅的罪状,同时商议怎么处置和珅。

在此期间,刑部搜集到了和珅的二十条罪状,其中包括和珅私娶宫女、偷盗宫中宝物、干扰朝政等。但和珅这个老狐狸,死到临头了也不肯乖乖认罪。面对刑部列出来的罪状,他否认了一半,但剩下的另一半铁证如山,他也只能承认。

罪状一出,清政府立即派人抄了和珅的家。结果发现,和珅竟然富可敌国。一般的金银珠宝和珅都看不上,西域的、进口的奇珍异宝琳琅满目,宝物比皇宫里的还多,房屋装修得跟皇宫一样华丽。由侍卫带着其他人,在和珅家抄出一大堆宝物:

赤金首饰共三千六百五十七件,东珠八百九十四粒,珍珠一百七十九挂,散珠五斛,红宝石顶子七十三个,祖母绿翎管十一个,翡翠翎管八百三十五个,奇楠香朝珠六百九十八挂,赤金大碗五十对,玉碗十对,金壶四对,金瓶两对,金匙四百八十个,金盆一对,金盂一对,水晶缸五对,珊瑚树二十四株,玉马

一只,银杯四千八百个,珊瑚筷四千八百副,镶金象箸四千八百副,银壶八百个,翡翠西瓜一个,猞猁狲皮八十张,貂皮二百六十张,青狐皮三十八张,黑狐皮一百二十张,玄狐皮统十件,白狐皮统十件,洋灰皮三百张,灰狐腿皮一百八十张,海虎皮三十张,海豹皮十六张,西藏獭皮五十张,绸缎四千七百三十卷,纱绫五千一百卷,绣蟒缎八十三卷,猩红洋呢三十匹,哔叽三十匹,各色布四十九捆,葛布三十捆,各色皮衣一千三百件,绵夹单纱绢衣三千二百件,御用纬帽二顶,织龙黄马褂二件,酱色缎四开禊袍二件,白玉玩器六十四件,西洋钟表七十八件,玻璃衣镜十架,小镜三十八架。铜锡等物七千三百余件,纹银一百零七万五千两,赤金八万三千七百两,钱六千吊,房屋一千五百三十间,花园一所,房地契文五箱,借票二箱,杂物不计。

  在和珅家里收缴的宝物、钱财,经粗略估算,竟然有九万万两左右。在中国历朝的贪官中,没有一个人超过和珅。就连历朝历代的皇帝,手头里的钱都没有和珅的自家金库多。

  嘉庆帝见了龙颜大怒,但是考虑到和珅是自己亲爹看重的大臣,便赐他自尽,保留了全尸。至此,中国历史上第一大贪官终于得到其应有的制裁。

  和珅落马后,他的党羽也逐一被革职。其中职位最高的,当数大学士苏凌阿。苏凌阿是和坤弟弟的亲家,经由和珅的举荐当上大学士。苏凌阿当时已经八十多岁了,还是被嘉庆帝勒令罢免。

  自此,清政府由上到下的贪污乱象得以整治,贪官不敢重犯,清官明哲保身。军队中的人也不敢顶风作案,军饷、武器供给及时,不久后西南的战乱便平定了。

28. 林则徐虎门销烟

嘉庆帝执政期间，英国商人曾经来到中国，请求和中国进行贸易往来。当时，英国侵占了印度，在印度大量种植罂粟。他们把罂粟制成鸦片，在全球范围内大量出口。中国因为人口众多，很快就被英国盯上了。

其实早在明朝，鸦片就已经流通到中国。明神宗还把鸦片称为福寿膏，只准皇亲国戚吸食，一般的老百姓都吸不到。这可不是英国人的初衷，他们的想法是诱使大量的中国人吸食鸦片，以实现他们赚大钱的目的，丝毫不理会这种毒品对人体的危害。

到了清朝，英国王室又派出使臣墨尔斯来到中国。因为墨尔斯不肯在嘉庆帝面前行中国传统的跪拜礼，被驱逐回国，通商一事也就不了了之。但是在民间，还是有人铤而走险，私底下勾结英国人走私鸦片。

到了道光年间，道光帝意识到鸦片对国人的残害，颁布了严格的鸦片禁令，禁止国人走私鸦片。鸦片是一种极易上瘾的毒品，许多人吸食过一次之后，就忍不住每天都想吸食，否则会涕泪横流、痛苦不堪。由于鸦片市场的供不应求，中国的鸦片贩子还是非常猖獗地偷买偷卖鸦片，从中谋取巨额利润。

道光中期，鸦片对中国人的残害越来越大。清政府的御史朱成

烈和鸿胪寺卿黄爵滋，不忍看到国民走向堕落，先后请求暗查鸦片走私。道光帝也深感鸦片对于国家稳定的威胁，便让各省的都督拟写禁烟计划。

其中，湖广总督林则徐洋洋洒洒写了数千字，痛斥鸦片的危害性，表明了自己禁烟的决心。林则徐为人十分正直，为官办事尽心尽力。道光帝看了他的奏章非常感动，把林则徐叫来北京，认真地讨论禁烟的事宜。

随后，林则徐被任命为钦差大臣，到广东专门处理禁烟一事。两广总督邓廷桢性格和林则徐差不多，为人也是刚正不阿。早在林则徐到广东之前，邓廷桢就依照律法，把参与鸦片买卖的中国人都处死了。

但林则徐认为，这个办法治标不治本，只有从根本上断绝鸦片进口，才能杜绝中国人对于鸦片的需求。

这时候，贩卖鸦片的英国人提前收到消息，早早地躲在了外海伶仃洋里避风头。林则徐和邓廷桢商量，认为必须要动用武力，迫使他们在船上时就将鸦片销毁。林则徐先是安排水师加强渡船口岸的防守，再找到广州十三洋行里买卖外国货物的负责人交涉。

这些洋行的负责人听到三天之内交出所有鸦片的要求，当即慌了神，急忙委托英国商人想办法处理。英国商人又找到英国大使义律，寻求他的帮助，但义律不以为然，根本没把这件事放在心上。

三天后，林则徐马上安排海关的人停止通商口岸的贸易，又把洋人雇用的中国买办关进了监狱。要知道，当时不只是英国一个国家跟中国有经贸往来。林则徐此举一出，各国商人在华的其他生意受到了影响，纷纷指责义律办事不力。

义律迫于压力，主动写信给林则徐，说自己可以交出船上的一千零三十七箱鸦片。邓廷桢也看了义律的信，马上摇摇头，说零

28. 林则徐虎门销烟

丁洋停靠了二十多艘鸦片船,每艘能装一千箱鸦片。这义律谎报只有一千箱,显然是只肯交出大约一船的量。

林则徐震怒之下,率领千名陆军把洋馆团团围住,又派出一支水师拦截洋船。义律走投无路,只好答应把船上的鸦片都上缴给中国。鸦片船从伶仃洋开回虎门,船内的鸦片全都搬了出来,共计二万零二百八十三箱。林则徐按照一箱鸦片补偿五斤茶叶的标准,对英商进行赔付。

收缴鸦片之后,林则徐就把成果上报道光帝,同时申请亲自运输鸦片到京城。道光帝和大臣们商量了一番,担心鸦片在运往京城的路上出现其他变故,便安排林则徐直接在广东虎门销毁鸦片。

林则徐收到圣旨,便派人把鸦片堆到一起,准备销毁。林则徐让人在海岸挖了两个大大的坑,坑的前面挖了个小洞,直通海洋,后面挖了一条水沟。士兵们先是扔了好几袋海盐到坑里,再倒水和石灰进去。当水沸腾的时候,把鸦片扔进去。等到鸦片在水里完全溶解,再打开之前挖好的小洞,让烟灰随着潮水冲进大海里。

林则徐虎门销烟,是中国历史上的一大壮举,挽救了千千万万的中国人。在当时,其他的国家看到中国禁烟的决心,大多保证不会再向中国走私鸦片,而这时,义律却着急了。

清 29. 鸦片战争的爆发

中国人禁烟,英国大使义律按捺不住了,让林则徐到澳门协商。林则徐不仅不答应,还禁止运送新鲜蔬菜到澳门,断了义律的粮道。义律以索要食物为由,带着数百位英国人攻击香港九龙。清军参将赖恩用大炮击沉了义律的一艘船。这时候,葡萄牙人站出来替义律求情,表示愿意遵守清政府新颁布的律法,只是请求删去"夹带鸦片者处以正法"一条。

林则徐把此事汇报给道光帝,道光帝态度十分坚定,认为要表明中国人禁烟的决心,否则会处处受外国人压制。有了道光帝的支持,林则徐更加坚定,直接拒绝了他们的要求。而义律变本加厉,指使兵船停在珠江的通商口岸,禁止其他商船靠岸。

林则徐知道后,让水师提督关天培率领五艘兵船前去处理此事。义律看到中国的兵船,直接开炮攻打。关天培也不甘示弱,开炮打死了英国的几名水手。之后关天培乘胜追击,把义律的商船赶出中国海域。

清朝打了胜仗之后,清政府内部出现意见分歧,有的认为要对英宣战,有的认为要封闭通商口岸。林则徐认为,此次的事端完全是因为英国违法走私鸦片引发的,通商口岸应该只对英国关闭。

道光帝权衡再三,最终决定采纳林则徐的建议,下令停止和英

29. 鸦片战争的爆发

国进行商贸往来。英国不久后便调动印度的兵力,宣布对中国发兵。

道光帝知道战争无可避免,便任命林则徐为两广总督,调任邓廷桢到福建担任总督,两人负责防御沿海地区。林则徐自从临危受命后,每天都在关注英国的动态,同时亲赴狮子洋检阅水师。

不久后,英军大举入侵澳门,却在林则徐的强势防御之下吃了大亏。英军将领伯麦见两广及周围地区攻不下,便掉转方向,朝着中国北部沿海进攻。英军很快来到了福建。福建有邓廷桢,防御布置不比两广差。伯麦的兵船开到厦门,反而被兵备道刘曜春打掉几艘军舰。

伯麦不肯善罢甘休,坚持把兵船往北方开,不久到了浙江。浙江的官员看到英国的兵船,还以为是外国的商船,毫无防备。伯麦因为先前吃了几次亏,率领船队先在周围转了几圈,发现没人拦截后,便嚣张地开到了定海海域。

定海水师不敌英国海军,很快便被打败了。这时候义律来了,他毛遂自荐率领部分军舰进攻天津。道光帝先是收到定海失守的消息,紧接着又收到天津告急的警报,接连召集大臣召开军事会议。

军机大臣穆彰阿因为向来与林则徐不和,就趁机弹劾林则徐作战不力。直隶总督琦善跟着落井下石,写了份奏折给道光帝,也暗示要治林则徐的罪。

据说义律到了天津,直接去总督衙门找琦善。琦善一见到义律,连忙上前迎接。义律取出英国议会致清朝宰相的一封信,交给了琦善。这信上面写了六项条款,主要是逼迫清政府赔偿鸦片货款和开放沿海通商口岸等。

具体条款如下:

第一条 赔偿货价。

第二条 开放广州、福建、厦门、定海、上海为商埠。
第三条 两国交往，用平等礼。
第四条 索赔兵费。
第五条 不得以英船夹带鸦片累及居留英商。
第六条 尽裁洋商（经手华商）浮费。

琦善听了对方的条件，沉默了好久，才向义律说道："你们国家既然有意和我们修好，那肯定可以商量着。明天我请客，请你们的官兵来吃饭商议。"

到了第二天，琦善让厨子准备了一桌好菜，专门等义律等人到来。

不多时，来了二十多位英国水师的将官，个个趾高气扬地步入琦善的衙署之中。琦善赶紧起身迎接，一看来的这二十多人，个个威风凛凛，心里已经有点害怕。英国将官虽然没办法和琦善直接交流，但是已经看出来琦善心里害怕，于是更加得意，指挥翻译对琦善说："本国成千上万的士兵已经出发了，还有很多炮船都来了，过几天就能到达中国。你们要是不答应我们的条件，到时候可别后悔！"

英国将官这一番话吓得琦善面如土色，这个天大的责任他可担当不起，急忙说愿意向上头如实转奏。英国将官一听，顿时笑得眉飞色舞起来。等到饭菜一上桌，英国人立刻大快朵颐起来。等洋人散场后，琦善便马上跟道光帝说英国有求和的意向。道光帝不疑有他，安排琦善去广东处理与英使议和一事。

此时，道光帝因国内形势严峻，写信问责林则徐。林则徐深知自己远离朝堂，免不了被一些小人诬陷，便主动请求降职前往浙江，两广总督一职则交给琦善担任。琦善借此机会四处搜罗林则徐的把

29. 鸦片战争的爆发

柄。可惜林则徐为人光明磊落,竟然找不出一处毛病,琦善只好作罢。

随即召见水师提督关天培和总兵李廷钰等人来见,指责他们挑衅洋人,以后必须要更加谨慎。关、李二人听了很生气,但因为总督琦善是他们的顶头上司,也不好反驳他,只能勉强答应他以后谨慎行事。关天培和李廷钰走的时候,琦善还摆钦差的架子,连送都不送他们。

义律这时候又发来文书,琦善急忙去看,看了之后赶紧下令让沿海负责防御的将士们撤退,并把从前募集到的渔船小艇全部就地解散。同僚听说之后急忙来问琦善为什么要这么做。琦善于是就把义律发来的文书交给对方看,并且辩解说:"不是我逢迎洋人,圣上已经定了,要安抚洋人,所以我才不得不这么做。刚好这义律发来文书要我们退兵,于情于理我也得撤兵。只有这样才能显示我们的诚意,也有利于后面的谈判。"

同僚有些担心,赶紧说道:"洋人那边的情况不明朗,咱们不能不防备啊,请中堂大人明察!"

琦善拈着胡须,笑意盈盈地说:"兄弟我在直隶的时候,早就跟义律约好了不打仗,还怕什么呢?"

同僚听完无话可说,只好依着这位总督大人。

琦善于是就一门心思等着义律的议和条款,等了好几天,依然没等到。一有消息,不是抓住了汉奸,就是捕到了不法商贩。琦善越听越烦,对着通报消息的人大吼:"好好的一个中国,让这帮浑蛋搞成这个样子!"通报人员一看总督大人心情不好,也懒得再管这些闲事,一个个全跑回各自衙署,不是吃就是睡,除此之外什么也不管。

琦善想着以后和洋人打交道的时候还多着呢,于是就去招了一个翻译官,是一个广东本地人,名叫鲍鹏。这个鲍鹏以前是个买办

商人，专门搞投机倒把的事情，义律很是看不起这个人，没想到这家伙摇身一变，竟然成了琦善的宝贝。义律因此更加看不起琦善，日夜加紧整备军事，准备发动战争。琦善这边却一点儿也不知道，也没有做什么防备，只是叫鲍鹏催促义律赶紧回复谈判议和的事情。

终于，鲍鹏带来了义律的复文，琦善急忙让鲍鹏翻译出复文的意思，鲍鹏念道："之前谈的六条条款，你们都得答应，除此之外，还要割让香港岛给我们，让英国的兵和商人都能居住在这里，给你们三天考虑时间。"

琦善听罢，顿时傻眼了，这分明是一份战书。

琦善气得跳脚，说道："这都是林则徐闯出来的祸！那六条条款就够喝一壶了！还要割让什么香港岛！这可怎么办啊？"

鲍鹏回答说："香港是个荒岛，就给了他们呗，反正也没什么要紧的。咱要是不答应他们，三天后他们就要来打咱们了！"

琦善左思右想，实在想不出什么好办法，只好说道："你去对他们说，就说让他们好好等着，我给皇上上个奏折，把这事说清楚，等皇上决断。"

琦善哪敢跟皇上如实禀告，只是模模糊糊地把洋人的要求说了一通，想着蒙混过关。

过了两天，鲍鹏那边有消息了，说是义律已经等不及了，并且威胁说："等打起来就好谈了！"

琦善顿时魂都被吓跑了，这时军情来报，说是洋人来了，让琦善赶紧发兵增援。琦善还抱着和谈的幻想，坚持不发兵，让鲍鹏再去谈谈……

鲍鹏领了命，明面上是去找洋人商量去了，实际上却躲了起来。可怜琦善这边还在等他的消息，却等到了洋人进攻沙角炮台的消息。先是守将战死，之后连守将的儿子都战死了。听说沙角炮台沦陷，

29. 鸦片战争的爆发

琦善只觉得自己是在做梦，根本不愿意承认这个事实，还一边嚷嚷着说："我已经让鲍鹏去和洋人交涉了，这家伙怎么还没回来？"

话还没落地，外面有人求见，琦善问是谁，旁人说是总兵李廷钰来见。

琦善说："我又没传唤他，他来做什么？"

旁人说道："他说有急事求见，因此就自作主张来了。"

琦善也不好不见，就让下人把李廷钰给领了进来，一番礼仪过后，李廷钰急急地说道："沙角炮台、大角炮台都已经陷落了，英国的军队已经在攻打虎门了，大帅快发兵增援吧！我愿意领兵前去守卫虎门！"

琦善叹息着说："哎呀，我是奉旨前来议和的，又不是前来和英军开战的，怎么能发兵增援呢？"

李廷钰听了简直要气昏过去了，随即说道："要是英国人不愿意议和呢？"

琦善安慰他说："别担心，我已经派了鲍鹏去和英国人商议去了，估计没什么问题，等过两天就没事了，兄弟你不必太过担心。"

李廷钰一听前去商议的人竟然是鲍鹏，赶紧说道："大帅不要轻易相信这个鲍鹏，这家伙以前是贩卖烟土的，还被抓起来过，他现在要是跟洋人一起合谋，恐怕就会成为我们的祸患啊！"

琦善闭着眼睛，也不说话，只是有一搭没一搭地摇着头。

李廷钰急得眼泪都出来了，说道："虎门是粤东的门户，虎门要是被攻破了，省城就保不住了。我们死不足惜，大帅您呢？"

琦善一听"死"字，这才睁开眼睛，说道："你这么一说，似乎的确应该发兵增援。要不我给你两百个士兵，你看怎么样？"

李廷钰见琦善松了口，便说道："两百个士兵不够。"

琦善掰着手指头，算了算："那再给你三百个士兵，凑个整数，

这总够了吧?"

李廷钰知道再争下去也没什么用,就起身告辞了。临走的时候,琦善又对他说道:"你带着士兵去的时候,只能夜里行军,可别让洋人知道是我发兵增援,否则就不肯议和了。"

李廷钰听了,气得差点笑出声来。虎门危急,他也顾不上和这位上司争论,出了门点了兵就直奔虎门去了。

说来也巧,李廷钰前脚刚走,后脚鲍鹏就回来了。琦善见了鲍鹏,跟见了宝贝似的,急忙问议和的事情怎么样了?

"义律说只有按照他提的条件执行,他才愿意退兵。"鲍鹏低着头说。

琦善皱了皱眉,问道:"你怎么今天才回来?"

"我去找义律,他不见我啊,好不容易见到了,又谈了好几天,所以回来迟了。不过义律说了,只要答应他的条件,他不仅会退兵,还会把炮台还给我们。"

琦善想了想,说道:"我知道了。你现在再去和他商议,就说赔偿烟价、开放广州都可以答应,香港的事情也能商议,剩下的事情就再说吧。"

鲍鹏这次没去多久就回来了,给琦善带回来一个好消息,洋人答应了,请琦善赶紧去签订和约。

琦善一听,有些犹豫,结果是好的,可是他哪能做得了主,这还没跟皇上说呢。

鲍鹏出主意说:"可以订个草约嘛,然后再上奏皇上,事情也办了,皇上那边也把话说到了。"

琦善一想,这也是个办法,于是就借着查阅炮台的名义前去和义律签订草约,愿意用七百万元作为烟价的赔偿,并且开放广州给英国人,同时把香港也割让给英国。义律自然也按照先前许诺的那

29. 鸦片战争的爆发

般退还炮台。

双方签订草约，琦善回了衙署，一边让人接手炮台，一边给皇上写奏折，说明不得不签订草约的原因。

没想到，他私下与洋人签订草约的行为，一下子触碰到了道光皇帝的逆鳞。

 ## 30. 奕山求和

英国海军冒犯中国海域,琦善作为中方代表,擅作主张签订屈辱的议和草约。这事被道光帝知道后,他龙颜大怒,直接革了琦善的职、抄了他的家,琦善听闻家产被抄,顿时昏了过去,家里人乱作一团,好不容易才把他给救活过来,琦善看着家人,哭着说:"早知道英国人这么厉害,朝廷又这么反复无常,我也不出来主持局面了。"

哭完了又召鲍鹏秘密商议接下来该怎么办。

鲍鹏听完,立刻给他出主意说:"大人不要着急,只要洋人开心了,不为难大人,后面的事情就让后面的人去管吧。大人您不就脱身了吗?"

琦善想了想,是这么个道理,再说他也没别的法子,只好天天供着洋大人们花天酒地。就在这时,琦善也得知了家产被抄没的原因,竟然是广东巡抚怡良参了他一本。

琦善那个恨呀,说道:"我与他无冤无仇,他参我干什么?"当下急忙派人去巡抚衙门抄写一份怡良的奏折,读完更是气急攻心,连连叫骂。

但是再骂也没用了,道光皇帝铁了心要拿掉他,将他押解进京,同时调任奕山、杨芳、隆文等人到广东支援,准备与英军再次作战。

30. 奕山求和

英方收到消息之后，决定先下手为强，直接开炮攻打虎门。水师提督关天培看到英国的军舰驶来，连忙做好防御工作，同时紧急派人申请支援。关天培率兵和英国海军殊死搏斗，打了大半天，不敌英军装备精良，被打得节节败退。

关天培先前派人去找琦善，请求增援。可琦善当时刚被道光帝骂了一通，自身都难保，更没有心思支援虎门。眼见士兵溃败而逃，关天培在孤立无援之下，愤而自杀了。

英国海军攻打虎门如此轻松，很大一部分原因是琦善把林则徐设下的防守都撤走了，这才使得英军乘虚而入。英军攻下虎门后，收缴了不少的军舰、大炮，广东省的军事防御力量被进一步削弱。

清政府特派的参赞大臣杨芳到了广东后，赶紧去见了巡抚怡良，两个人谈论起琦善之前主持的议和这件事。怡良说："琦中堂还在位的时候，独独相信那个汉奸鲍鹏，中了英国领事义律的奸计，这才做什么都以反对林制台为准。林制台用心在各处筹备防御洋人的事情，他就偏偏撤掉这些防御，这才导致英国人长驱直入。现在连虎门这个险要的地方都已经失守了，省城十分危急。不过好在您来了，总算是还能补救一番。"

杨芳惋惜着说道："琦中堂实在是糊涂，还没谈判完呢，就撤掉防御，哪有这个道理？现在门户都丢失了，叫我怎么办？依我看，只能先堵住英国人了。"

怡良想了想说："是这个道理，现在英国的士兵已经拥了进来，想要在海面上堵住对方那是不可能了，也只有先堵住省河这个办法了。"

杨芳问："省河有几个要隘？"

"陆上的要隘叫东胜寺，水里的叫凤凰冈。"

"有重兵守着吗？"

30. 奕山求和

"之前都被琦中堂给撤掉了,他被逮捕之后,我才开始谋划防守此处要隘。现在陆上的兵还好说,就是水里没有船,之前都被英国人烧的烧,夺的夺,没剩下几条船了。现在既没有船,也没有炮,我正着急着呢。"

杨芳想了想,下命令说:"没有船也得守,先把河岸扼守住再说。"随即派遣将领前去扼守两岸紧要的地方,他自己则带了数百亲兵,前去督战。

清军与英军来回打了几个回合,各有胜负。有一处浅水隘口无人把守,杨芳正问手下那边为何无人把守时,忽然涨了潮水,英国舰队乘潮而来。

"不好!"杨芳大吼一声,急忙命令手下摆弄炮口,对准英国舰队,准备迎击!

眨眼的时间,英国舰队已经到了跟前。杨芳下令开炮,河面上顿时浓烟四起,炮火连天。英国舰队仗着船坚炮利,跟岸上的清军对轰。

随着潮水渐渐退去,英国舰队也随着潮水离开,杨芳站在岸边,望着远去的英国舰队,叹息道:"好厉害的铁船,这洋人这样厉害,中国从此不会有安稳的日子了。"

第二天,美国大使突然来到军营求见。美国大使掏出英国大使义律写的保证书,前来给英国当说客。美国大使认为,义律他们已经保证不售卖违禁品,加上通商这件事已经持续了两百多年,通商口岸应该再度对英国开放。

义律的保证书写得十分诚恳,加上美国大使说的不无道理,杨芳稍加思索过后,便答应将眼下的情况汇报给道光帝。在呈给道光帝的奏折中,杨芳还提到己方的装备不够精良,恐怕打不过英方。现在英方有意求和,美国又从中调停,杨芳认为这是一个议和的绝

佳时机。

　　杨芳的汇报可以说是合情合理，但是道光帝一心主战，他看了这份奏折之后非常生气，批复说杨芳这是步琦善的后尘，下旨要治杨芳的罪。道光帝让靖逆将军奕山和参赞大臣隆文等人负责与英军交战，他认为如今援军已到，一定可以剿灭英军。

　　奕山和隆文到了广东之后，了解到广东军事防御十分薄弱，议

30. 奕山求和

和的想法和杨芳是一样的。可惜圣命难违,他们也不得不从。就在几人苦恼不已的时候,总督祁㙺(hǒng)推荐了林则徐。

林则徐先前被道光帝革职之后,一直心系广东安危。一听说奕山等人找自己有要事商量,立即前往相见。林则徐私底下密切关注着海防的动态,他发现英军已经攻入广东,广东地理位置一般,很难围堵、突袭英军。林则徐提出,只有和英军打拖延战,把他们骗入广东腹地,再一举歼灭。

对于林则徐的提案,奕山却是不置可否。还没等林则徐施展拳脚,道光帝又一道圣旨下来,安排他去浙江管理海防。

过了几天,义律派人跟奕山要虎门销烟收缴的鸦片烟钱。惹得奕山暴怒,直接派兵攻击英军。英军虽然装备精良,但是由于没有防备,被击沉了好几艘船,死伤士兵数百人。

奕山看到战况不错,以为可以乘胜追击,却没想到形势突然反转。原来英国海军来了援兵,一下子发起反攻,一连击沉清军好几艘军舰,抢走了数百台大炮。英军气势汹汹,战无不胜,大军直逼广东省城。

这时候,广州知府余保纯提出一个馊主意:议和赔款。奕山抱着死马当作活马医的心情,派余保纯跟英军谈判,拟定了议和的四项条款:一是赔钱给英国,二是清兵主动退兵,三是香港问题日后再议,四是要求英军退出虎门。

英军收了真金白银,这才慢悠悠地退兵。因为沿途骚扰百姓、无恶不作,英军还被一个叫"平英团"的民间组织围攻。英军受困之下,找到余保纯求救。余保纯马上率兵攻打平英团,救出了受困的英军。

奕山在向道光帝汇报前线情况的时候,黑白颠倒,说自己重挫了英军,英军恳求恢复通商,并保证不再出口鸦片给中国。道光帝

信以为真,还大大嘉奖了奕山一番。

而这时候,有一个明眼人看不下去了,实名举报了奕山。

31. 进攻英军东南沿海

知道奕山隐瞒广东战败的事实后,大学士王鼎直接上奏折举报,说奕山赔款讨好英国人,比琦善还不如。道光帝见了本来想处置奕山,可军机大臣穆彰阿极力袒护奕山,还吹嘘奕山功劳大,扰乱了道光帝的判断。

在当时,穆彰阿和奕山都是道光帝的亲信。道光帝嘉奖了奕山之后,又把林则徐发配到伊犁。连之前举荐过林则徐的协办大学士汤金钊,都被连降四级。

王鼎听说之后非常愤怒,他认为清政府已经十分污浊,打算以死明鉴。他写下遗书,字字泣血地痛陈穆彰阿的罪行,请求道光帝铲除佞臣。写完之后,王鼎朝着京城的方向重重地磕了一个头,便上吊自尽了。

可王鼎的这封遗书并没有交到道光帝的手里。王鼎的死震动了朝野。穆彰阿心中满腹疑惑,便派户部主事军机章京聂沄(yún)去王家打探情况。聂沄收买王家的仆人,拿走王鼎的遗书,另写了一封假遗书放回。真正的遗书最后被穆彰阿销毁了。

先前,奕山同英国人签订了议和条款。道光帝以为广东战事已经平定,便放松了南方沿海的防御,同时削减江苏、浙江两个省份的军饷。

但英方出尔反尔，军舰离开虎门之后，又朝着中国北部的海域出发。这时候，印度的援军也到了，英军将领伯麦便打算率军攻打中国沿海城市。不巧的是，台风吹翻了英军的好几艘船，使得他们停滞不前。奕山等人连忙抓住这个机会，谎称英军大败，死伤无数。

不久后，英军海军少将巴尔克顶替伯麦，璞鼎查顶替义律，两人一起率兵骚扰厦门海域。先前的福建都督邓廷桢，已经和林则徐一道被贬伊犁，现任福建总督是颜伯焘。颜伯焘本来想大展拳脚，不巧正碰上道光帝削减军队开支，也只能缩衣节食地过日子。

英军闯入厦门鼓浪屿的时候，颜伯焘十分慌张，派兵防守厦门仅有的三座炮台。但英军十分狡猾，他们集中兵力，一座炮台一座炮台地攻打。不到一天，三座炮台都被摧毁了。镇守厦门的水师将领们，死的死，逃的逃，连颜伯焘也只能一退再退。

颜伯焘刚向清政府汇报厦门失守，没多久厦门人民与当地的官兵同心协力把英军赶了出去。清政府以为是虚惊一场，对颜伯焘实行降级留任的处罚。

浙江总督裕谦先前跟奕山打听过英方议和的虚实，却吃了个闭门羹。裕谦听说了厦门的战况，连忙派总兵葛云飞等人加强定海和镇海的防守。但是由于清政府下令削减军饷、裁减军队，葛云飞等人无法修筑防御工事，手下士兵也严重不足。

不久后，因为裕谦的军队和英军实力悬殊，定海、镇海失守。消息传到江苏，江南提督陈化成亲自率兵镇守西炮台，要跟英军一决胜负。可惜江苏总督牛鉴贪生怕死，看到英军的炮弹打过来了，连忙转身逃跑。

总督一逃跑，顿时军心大乱，东炮台不久就被英军占领了。陈化成原本击退了英军的层层进攻，此时却因为对方占领东炮台而腹背受敌。陈化成不甘心就此投降，亲自点燃大炮轰炸英军。

31. 进攻英军东南沿海

英军对准陈化成的位置，开始狂轰滥炸起来。陈化成不慎中弹，吐血身亡。其余的将领看到陈化成以身殉国，都被他大无畏的精神感动。这些人也不肯离去，前仆后继地战死于炮台之上。

而逃将牛鉴跑回了江宁，大言不惭地告诉百姓们，英军开不进江宁狭窄的河道，无须担心外敌入侵。为了让百姓们信服，牛鉴甚至没有加强城门的防守。没过多久，英军便打到了江宁附近，江宁城危在旦夕。

牛鉴急得火烧火燎，整天祈求老天爷保佑。就在这时，清政府派大臣伊里布赶到了江苏。

32. 南京条约

自从牛鉴临阵脱逃、陈化成战死之后，英军屡战屡胜，一路朝着江苏的腹地逼近。眼看着江宁城告急，牛鉴急得如同热锅上的蚂蚁，这时候伊里布及时赶到。牛鉴连忙将伊里布迎到自己的府上喝茶。

没想到的是，伊里布并不是来给江宁城增援的，而是前来跟英军议和的。这正中牛鉴的下怀，他本来就不想打仗，恨不得伊里布今晚就同英军达成议和。

但伊里布也只是个打头阵的，清政府派他和英军先行磋商，最后由耆（qí）英拍板签约。消息传到英军那边，他们答应停战议和，但是要求要么允许英军进江宁城休息，要么不入城，但支付三百万军饷让英军原地休整。

牛鉴手上给不出这么多银钱，但是又怕英军直接硬攻。而英军自认为实力雄厚，除了先前在广东拟定的草约之外，竟狮子大开口要求清政府赔偿一千二百万军饷才肯退兵。牛鉴不敢答应，更不敢一口回绝，只能拖延着时间，提心吊胆地等着耆英的到来。

耆英到了江宁城后，面对英军的强硬姿态，也是无可奈何，只能把英军拟定的草约转交到京城。道光帝看到新的草约上，除了被迫割让香港岛等旧条款之外，竟然还要支付军饷一千二百万、商业

32. 南京条约

欠款三百万、鸦片赔款六百万,气得差点晕过去。

但是生气归生气,道光帝担心英军再度来犯,急忙召集大臣们开紧急会议。穆彰阿等人也怕英军生事,纷纷劝说道光帝同意议和条款。但道光帝拉不下这个脸,想让耆英代为签字。英国人早就预料到这一点,条约的第八项规定必须是中国的皇帝亲自盖章签字。道光帝迫于英国人的军威,最终还是在丧权辱国的《南京条约》上

签了名。

道光帝赔了巨款,又折了精兵,心里十分不痛快。再加上国内群情激奋,道光帝顺势惩戒几个官员,来当自己的出气筒和替罪羔羊。其中,在战场上临阵脱逃的牛鉴首先被革了职,抓去京城审问。其余的官员轻则罢官,重则处死。

过了一年,道光帝突然来了个马后炮,把台湾总兵达洪阿和兵备道姚莹的官职给撤了。这又是怎么一回事呢?

原来,先前英军侵犯中国海域的时候,曾经分出小部队去偷袭台湾。但达洪阿和姚莹十分英勇,把这艘军舰打跑了。英军贼心不死,没过多久又派人进犯台湾海域。这次,达洪阿和姚莹直接把整支军舰的人都抓了,还缴获了不少热武器。

消息传到京城,道光帝高兴地颁旨嘉奖,还给二人升官加职。面对二人提出的处死俘虏的请求,道光帝也痛快地答应了。没想到的是,正是这一事件差点断送了二人的性命。

原来中英双方在南京议和之后,互相交换俘虏,英方发现少了台湾的俘虏一百多人,便又来找清政府的碴。道光帝像得了失忆症一般,派出闽浙总督怡良到台湾处理这件事,同时革了达洪阿和姚莹的职。

怡良和这两人有些过节,此时找着了机会,便想陷害二人。幸好二人在台湾岛深得民心,来为他们求情的百姓把大街上堵得水泄不通。怡良没有办法,只好再三承诺会为二人求情。

等到了达洪阿和姚莹的面前,怡良又换了套说辞,让二人撒谎说先前击沉的两艘军舰是因为天气原因沉船的,而他们打捞上来的难民有的已经转交政府,有的自行离去了,无处可寻。如此一来,二人虽然犯了欺君之罪,但是也为道光帝洗脱了同意杀害英军俘虏的罪名。

 清 | **33. 徐广缙威慑英军**

在《南京条约》中，英国要求中国开放五个通商口岸，其中广州排在第一位。条约签订之后，英国人趁此机会要求进入广州城。清政府答应了，但是广州老百姓不答应。他们自发组成一个个小团体，抵制来粤的英国人。

钦差大臣耆英担心事情越闹越大，便安排广州知府刘浔（xún）调停此事。刘浔先去英舰上安抚洋人，让他们过几天再上岸。再准备回到城里贴出告示，让百姓们以平常心对待来粤经商的外国人。

刘浔刚从英国人的船上下来，走在路上的时候，把一个卖油的老百姓给打了。这下可好，老百姓们彻底暴怒了，指着刘浔怒骂"卖国贼"。他们成群结队地来到刘浔的家，找不到刘浔，便一把火把他的官服给烧了。

这群百姓大闹刘府之后还不解气，之后他们只要在城外看到洋人，就把洋人围起来打一顿。耆英管不了他们，便请求当地有名望的乡绅出面调停。没想到的是，这群乡绅更是硬气，说如果要上阵杀敌的话，他们第一个冲在前头。

耆英看到广东人民一个比一个英勇，也是没了办法，他先是答应英方两年内一定让他们进城，又私底下找到穆彰阿，让他把自己调回京城。一年后，清政府果然把耆英调回了京城，改任徐广缙为

两广总督,叶名琛(chēn)为广东巡抚。

这时候,英国人任命大使文翰为香港总督,负责处理广州进城事宜。徐广缙与文翰约在虎门见面,义正词严地回绝了英方进城一事。徐广缙明白英方很有可能会再度率兵攻打广东,回去之后便调兵遣将做起了准备。

徐广缙拒绝英人入城的消息转眼间传遍全城,附近的绅士都跑来徐府,纷纷表示他们可以帮忙召集十万民兵,协同清兵一起抵抗英军。在广东人民的支持下,徐广缙的底气更足。但是他没有贸然出兵,而是耐心地等待着时机。

第二天,英舰直接开进了广州的河道里。徐广缙只身走出城外,打算和文翰交涉。文翰以为徐广缙只有一个人,便打算绑架他进城。正当文翰指挥军队准备行动的时候,广州军民从四周拥了出来,个个都举刀弄枪,恶狠狠地盯着英舰。

文翰见对方人数众多,便假装和徐广缙握手言和,答应让英国人只在广州的海口进行贸易往来。消息传到京城,道光帝十分高兴,不仅给徐广缙升职加薪,还表扬了一番英勇的广东人民。

可英国人并不甘心止步于此。英舰退出广州海域没多久,又卷土重来,不断地骚扰沿海地区。道光帝此时生了场大病,已经是有心而无力了,只能把烂摊子交给下一任皇帝。

到了选定继承人的时候,道光帝又犯了难。原来,道光帝十分喜爱六皇子,但是四皇子又是道光帝喜爱的孝全皇后所生,道光帝一时间在这两位皇子之间摇摆不定。

皇子们的老师杜受田,向来和四皇子关系不错。在皇室狩猎日之前,杜受田秘密嘱咐四皇子,让他在狩猎当天不要杀生。四皇子十分信任杜受田,便听了他的话。

到了狩猎那天,六皇子满载而归,反观四皇子,却是一只猎物

33. 徐广缙威慑英军

都没打到。道光帝看到这个景象，心里十分生气，问四皇子为什么没打到猎物。四皇子鞠了一躬，从容地回答："现在是春季，正是万物生长繁衍的时候，我实在是不愿违背天意伤害生命。"

道光帝听了四皇子的这番言语，转怒为喜，认为四皇子才是继承自己皇位的不二人选，于是决定立四皇子为太子。道光帝驾崩之后，四皇子顺利继位，定次年为咸丰元年（1851年）。接着，咸丰帝封弟弟六皇子为恭亲王，其余皇子也受封为亲王。而功劳最大的杜受田，则被咸丰帝封为协办大学士。

就在这个时候，英舰突然进入了天津海域，自称要为道光皇帝吊丧。

34. 洪秀全金田起义

道光帝逝世后，英国人借着吊丧的名义闯入了天津口岸。咸丰帝马上找来穆彰阿和耆英盘问，这两人都认为英国人前来是好意，建议让他们入京。咸丰帝不相信英国人会这么好心，便让天津直隶总督把人劝走了。

英国人离开之后，咸丰帝回想起之前的几次海战，都是因为穆彰阿等人畏畏缩缩、陷害忠臣，才导致清兵屡战屡败。因此，咸丰帝直接撤了穆彰阿的职务，又把耆英连降几级。这两人都有点心灰意冷，各自灰溜溜地回到老家养老去了。

惩戒了佞臣之后，咸丰帝在杜受田的举荐下，重新重用林则徐、达洪阿、姚莹等人，还特派林则徐到广西剿匪。这又是怎么一回事呢？

原来，在道光末年间，由于连年的饥荒，两广地区的农民吃不饱，许多人便落草为寇。尤其是广西的东南一带，几乎成了强盗的乐园。寻常老百姓受尽了苦头，不得已之下跑到衙门告状。可清政府贪污腐败，地方官员都浑水摸鱼，压根不管老百姓的死活。甚至，有的官员竟然和土匪狼狈为奸，私下收取土匪上缴的"保护费"。

广西的老百姓这下更生气了，写了联名信交给巡抚郑祖琛。可惜这郑祖琛一把年纪，只懂得品茶赏月，随口说了两句便交代手下

34. 洪秀全金田起义

去抓人。郑祖琛手底下的官员也有样学样，对于老百姓的诉求不管不顾，任由土匪泛滥。

老百姓们眼看着是指望不上官府了，不得已自己练兵，组建了一支队伍。而在桂平的金田村，却出了一位将会震惊中国的大人物——洪秀全。

这洪秀全是广东花县人，曾经读过书，但一直考不上一官半职。洪秀全没有办法，只好凭借肚子里的一点墨水，靠给人算卦为生。后来，洪秀全听说有个叫朱九涛的人创建了上帝教，便拜他为师，到处传播上帝学说。

而这时《南京条约》已经签订，五个口岸都开放给外国人。不少基督教的传教士来到中国，传播基督文化。洪秀全也去学习了一段时间，等到把《马太福音》里的话能背上几句，就跑到了广西的深山里忽悠老百姓。

洪秀全成立了三点会，广结党羽，杨秀清、韦昌辉、石达开、秦日纲、萧朝贵就是这时候加入的。洪秀全还把自己的妹妹嫁给了萧朝贵。洪秀全一张嘴能说会道，但是没有信服力，前来投奔的人寥寥无几。于是他想了个办法——假死。

洪秀全先是让萧朝贵等人对外谎称自己死了，往灵床上躺了七天，接受众人的吊唁。第七天之后，洪秀全一跃而起，一副生龙活虎的样子。这可吓坏了前来吊丧的众人。但洪秀全巧言善辩，谎称自己到天堂走了一趟，还见到了天父，跟他学习了预测天机的能力。众人信以为真，当即跪倒在地，高呼洪秀全为天神。

凭借此招，洪秀全拉拢了不少的有钱人入会。洪秀全还规定，每人入会需缴纳五两银子的会费。随着入会的人越来越多，他捞的油水也越来越足。人有了，钱也有了。洪秀全不甘心在深山里当个小小的教会领袖，便和几个心腹聚在一起，密谋造反。

洪秀全講壇說法

34. 洪秀全金田起义

这群人选了洪秀全坐第一把交椅，杨秀清坐第二把交椅。之后，他们都留起头发，穿回汉族的衣服，在金田村立了个大旗，上面写着"大元帅洪"四个大字。

洪秀全在金田村闹出了很大的动静，桂平知县没办法镇压。郑祖琛听说后，担心祸及自身，赶紧写信向朝廷求救。咸丰帝得知，和杜受田商量了一番，特派林则徐为钦差大臣、向荣为广西提督，前去广西处理乱匪一事。

郑祖琛收到咸丰帝的命令出省督师，他带着几千士兵，走到平乐就停了下来。因为再往前走不远就是洪秀全的根据地了。郑祖琛选择在半路停下，也是因为贪生怕死。

洪秀全知道郑祖琛驻扎在平乐，他虽然稍有收敛，但并不在意。但当他听到林则徐也来了的时候，却彻底慌了神，直呼："完了！完了！"

35. 曾国藩组建湘军

这洪秀全在金田村呼风唤雨，不承想林钦差一来，吓得慌了神。洪秀全觉得林则徐连英国人都赶跑了，打他们这群小喽啰岂不是轻而易举。幸好周围的兄弟好说歹说，这才让洪秀全稍稍放下心来。

可谁都没想到的是，林则徐偏偏在这个节骨眼去世了，清政府不得不安排两江总督李星沅继任，又任命周天爵为广西巡抚兼总督。

洪秀全听到林则徐去世的消息，高兴得跳了起来，连忙安排手下写了一篇讨伐清政府的檄文。檄文发出去之后，洪秀全高举红色火焰大旗，带着一众头戴红色头巾的兄弟，浩浩荡荡地出发了。

广西提督向荣率军和洪军交战，打得洪军节节败退。向荣想乘胜追击的时候，周天爵却暗地里使坏，密令将领不听向荣号令。而乌兰泰又是广东总督所派遣，也不服从向荣命令。向荣向李星沅反映情况，李星沅写信询问周天爵，没想到反而被数落了一顿。李星沅气急攻心，不久病发身亡了。

李星沅生前为大清鞠躬尽瘁，他死了咸丰帝十分痛惜，下令将其厚葬。而后，咸丰帝安排大学士赛尚阿、都统巴清德、副都统达洪阿奔赴广西。同时撤了周天爵的职位，改任邹鸣鹤为广西巡抚。

向荣等人攻打洪军，几乎是百战百胜，自以为胜利指日可待了。没想到洪秀全趁永安防御薄弱，占城为王，定国号太平天国，自封

35. 曾国藩组建湘军

为天王。另外还封杨秀清为东王,萧朝贵为西王,冯云山为南王,韦昌辉为北王,石达开为翼王,洪大全为天德王,更加明目张胆地跟清廷分庭抗礼。

没过多久,向荣、乌兰泰的军队就兵临永安城。向荣在北路,

乌兰泰在南路，按理说可以前后夹击。乌兰泰的参谋江忠源极力劝说双方将领，可惜向荣和乌兰泰把洪军当成瓮中之鳖，对于攻城一事并不着急，反而一前一后地僵持了起来。

江忠源背鳌仆入耳

35. 曾国藩组建湘军

几个月后,洪军养精蓄锐,在一个雨夜拼死突围,成功逃了出去。虽然顺利出逃,但是洪军也折损了不少的士兵,再加上天德王被抓、南王身死,洪秀全一口气喘不上来,直直地晕倒在地。

但在这之后,洪军一路骁勇奋战,竟杀到了南京。洪秀全到了南京之后,把南京改名为天京,定都于此。另外洪秀全还任命了文武百官,选了几十个妙龄女子当妃嫔,俨然把自己当成皇帝一般。

清政府眼看着局势急转直下,连忙派出曾国藩御敌。这曾国藩是文人出身,由礼部右侍郎转职为武官。曾国藩学习明朝的戚继光,勤奋练兵,练出来几个营的湘军。这群湘军虽然装备过硬,但是没有实战经验,终究还是不敌洪军。

这时,江忠源率兵解了围。这江忠源是曾国藩的旧相识,两人惺惺相惜。曾国藩出兵广西,其中一个缘故就是好友被困。两个人商量了一番,决定操练水师,以备不时之需。

曾国藩还没训练好水师,安徽又频繁发来警报,他坚持按兵不动,等过些时日再去援助。但江忠源心系庐州百姓,连夜冒雨出发。等江忠源到了庐州城,手底下的士兵加起来也就三千余人,可谓是寡不敌众。江忠源亲自到城墙指挥作战,昼夜不分地鼓舞守城的将士。

没想到的是,庐州知府却和洪军勾结,偷偷地把洪军放进城里。江忠源被叛徒出卖,心知结局已定。但是江忠源不甘受辱,挥剑杀了几名追上来的洪军后,投河自尽了。

曾国藩知道好友战死后,化悲愤为力量,率领湘军一鼓作气夺回了武汉。随后,曾国藩等将领率领军队英勇作战,江西各县市逐渐被收回,两湖也展开围剿乱匪之势。内战打到后期,洪军粮草、弹药空虚,清兵在军事上隐隐能盖过洪军一头。

内乱眼看着就要平定,外患却又跟着起来了。

36. 天津条约的签订

先前广东总督徐广缙以一己之力平定英军,英国人安分了好几年。等叶名琛任广东总督的时候,英国派大使来到广州,软硬皆施,要求叶名琛允许英国人进城。

叶名琛这人采用高高挂起的态度,关于英国人的事情一概束之高阁,置之不理。叶名琛接连让英国人坐了好几年的冷板凳,朝廷还以为是叶名琛治理有方,对他大为嘉奖,使得叶名琛愈加膨胀。

咸丰六年(1856年),英国新领事巴夏礼又来申请入城,叶名琛还是用那套老办法,一字不答,大门一闭,一个洋人都不许进来。这巴夏礼却不是个好脾气的人,在叶名琛这里受了窝囊气之后,便时刻想着报复。正逢东莞的乱党首领关巨等人外逃,加入了英国籍,他们主动找到巴夏礼,请求攻打广东。巴夏礼便帮助他们训练水手。

过了一段时间,广东海域出现一艘奇怪的英国船只。船上十三个水手都是中国人。广东水师认为船上的人是汉奸,把他们全都抓了起来。虽然这些水手后来都交给了巴夏礼,但这件事却成为巴夏礼攻打黄埔炮台的借口。

叶名琛看到英军炮轰城墙,心里虽然慌张,表面上却装作不在意的样子。他还扬言广州城内有几十万军民,根本不怕这区区一千多名英军。但是广州的军民按捺不住了,他们把城外的十三洋行给

36. 天津条约的签订

烧了，又破坏了法国和美国的会馆。此事一出，国内外舆论一片哗然。叶名琛不知道要火烧眉毛了，不仅不阻拦，还拍手称快。

到了次年十一月，英国人和法国人的军队来到了广东海域。他们写信给叶名琛，要求他赔款和修改先前签订的条约。叶名琛把信一扔，当作没看到一样。没想到英军火力全开，直接把总督衙门打了个底朝天。

叶名琛提前逃跑了，但还是坚持拒绝洋人进城。此时的叶名琛已经在巡抚柏贵等人的弹劾下，被咸丰帝革了职。之后他被英军抓了起来，流放到了印度，没过多久便去世了。

总督府被轰炸后没多久，巡抚柏贵被洋人挟持到观音山，逼迫他同意洋人进城一事。叶名琛被革职后，广东总督由柏贵暂时代理。柏贵在英国人的威胁下，不得不答应。

从此之后，广东沦为清朝、英国、法国的公共领地。

英国人得了广东之后，仍不满足，引着法国、俄国、美国的军舰向北而上。咸丰八年（1858年）三月，四国军舰齐聚白河口，英国人写信给清政府，要求更改条约。咸丰帝自然不答应，他手底下的官员也只能慢慢地跟英军拖延。在周旋的过程中，英军多次从天津大沽口岸进出，摸清楚了大沽口的地理环境。

不久后，英、法两军突然炮轰大沽口炮台，士兵们毫无防备，被打得死伤无数。咸丰帝收到天津告急的消息，气得把天津的提督、总兵、副将多人都抓了起来，另外派出亲王僧格林沁前往天津御敌。

僧格林沁到达天津后，美、俄两国大使表示可以从中调停，但是要求清政府的宰相来跟他们谈判。清政府思来想去，最终决定派出耆英。没想到英国人痛恨耆英在广东一事上出尔反尔，让耆英吃了个闭门羹。那些推荐耆英的官员担心殃及自身，抢先举报耆英办事不力。咸丰帝气晕了脑袋，直接赐耆英自尽。

  而这时，英、法两国各自开出数十条条约，其中重要的几条有：一、允许各国派出大使驻京；二、允许外国人持护照在中国各地游玩、经商；三、开设台湾等地为商埠；四、由外国人选取长江一带的三个口岸经商；五、赔偿英国商人损失二百万两，军费二百万两，法国在此基础上减半。

  清政府收到这些条款，群臣哗然。但此时清朝实力薄弱，再加上国内有太平天国起义，咸丰帝也只能含泪答应。这时候，原本自称帮助调停的美、俄两国也想分一杯羹，要求签订条约。清政府无力反抗，只能和英、法、美、俄四国签订了丧权辱国的《天津条约》。

37. 英法联军火烧圆明园

《天津条约》签订之后，须第二年去互换条约文件。这一年便是咸丰九年（1859年），四国军舰来到天津大沽口，想从这里上岸。但是僧格林沁正奉命修筑大沽口炮台，连忙让人乘船去通知四国的大使，让他们改道北塘。

法、美、俄三国大使都同意了，只有英国的舰长布鲁斯直直地开进大沽口。大沽口设有铁链拦截船只，也被布鲁斯开炮炸断了。有了布鲁斯当出头鸟，法、俄两国也懒得绕道了，纷纷跟在布鲁斯的船屁股后头。而且，这些船只竟然还不约而同地竖起表明开战意图的红旗。

英舰驶入大沽口炮台之后，把港内的铁锁木桩一一炸毁，同时朝着炮台开了几炮。僧格林沁忍无可忍，下令士兵还击。清兵们也不甘受辱，竟然一口气打翻了好几艘英舰，击毙数百名英国士兵。

经此一役，英、法、俄自然没有成功更换新的条约。只有美国人听从建议改道上岸，这才拿到了新的条约。

英国人吃了亏之后，私底下在广东操练军队。咸丰十年（1860年）六月，英、法又率领军舰进军天津。这次英法联军来势汹汹，天津大沽口炮台的守兵根本不是他们的对手。僧格林沁还想拼命抵抗，没想到清政府突然下令，让他撤离大沽口。

原来，清政府的几位亲王都主张议和，甚至有人建议咸丰帝撤离京城。这时候，英法联军已经攻到北京。咸丰帝不甘受辱，选了个折中的法子，躲进了圆明园里。同时，清政府安排怡亲王载垣到通州，跟英、法两国大使议和。

到了约定议和那天，法国来的是大使噶罗，英国来的是参赞巴夏礼。噶罗的态度较好，对议和一事没有异议。但巴夏礼却摆出一副趾高气扬的样子，说见不到咸丰帝不议和。载垣不好拒绝，只好答应先去请示皇帝。

巴夏礼吃饱喝足后，得意扬扬地走了出去。这时候，僧格林沁刚好带兵赶了过来，他问起今天议和一事。载垣说巴夏礼在会议上嚣张跋扈，僧格林沁听了之后暴跳如雷，直接率兵把巴夏礼绑了起来。

英国大使额尔金得知巴夏礼被抓，直接率兵朝着北京进军。消息传到圆明园，咸丰帝板凳还没坐热呢，只好又慌乱出逃。咸丰帝逃离北京的消息，传遍北京的大街小巷，连带着京城的老百姓也纷纷外逃避难。北京群龙无首，咸丰帝下令让恭亲王奕䜣全权代理皇帝事务。

恭亲王奕䜣接了这个烂摊子，第一件事也只能先放了巴夏礼。可没想到英国人不肯就此罢休，不仅攻入北京城内，还往圆明园里放了一把火。将军恒祺赶到圆明园时，到处都是浓烟滚滚，昔日金碧辉煌的建筑大部分已经被烧毁。恒祺定睛一看，发现指挥放火的人竟是巴夏礼。

巴夏礼仍旧是一副气焰嚣张的样子，当场提了两个要求，一是自己要进紫禁城里议和，二是要放了随自己被抓的英国随从，否则就继续放火。恒祺只得答应，急忙赶回与奕䜣商量。

奕䜣让恒祺马上释放英俘，发现竟然死了几个人，一下子不知

37. 英法联军火烧圆明园

如何是好。而巴夏礼得知之后，直接放了一把大火，把富丽堂皇的圆明园烧得一干二净。园中的古董宝物，则被龚半伦领着英军抢劫一空。耗费大量人力、财力，建造了两百年的圆明园，就在这场大火中覆灭。巴夏礼甚至扬言要进攻紫禁城。

奕䜣无计可施之下，只好请求法国大使噶罗从中调停。经过商议之后，清政府答应开放天津为通商口岸，赔偿英国一千二百万两白银。法国也要求赔付六百万白银，奕䜣一口答应了。

清政府与英方议和的地方定在礼部衙门，靠近俄国大使馆。奕䜣胆小，害怕英国人，俄国大使表示可以保护他。但之后，俄国大使竟跑来要求把乌苏里河东岸的土地都划分给俄国，强迫签订了《北京条约》。直到此时，外患才暂且告一段落。

清 | 38. 两宫太后垂帘听政

英法联军攻占圆明园的时候，咸丰帝躲到了北边的热河。他受到了极大的惊吓，心灰意懒，一直不肯回京。怡亲王载垣、郑亲王端华、协办大学士肃顺等人也留在热河，他们组成了一个以肃顺为首的小团体，意在把持朝政。但是恭亲王奕䜣位高权重，挡了这三人前进的步伐，他们早就想一脚踢开他。咸丰帝北逃热河的建议是肃顺提出来的，奕䜣全权代理议和一事也是他提出来的，为的就是想趁乱加害奕䜣。

咸丰十一年（1861年）七月十七日，咸丰帝在热河驾崩，六岁的载淳继位，改年号为祺祥。同治帝在载垣、端华、肃顺三人的辅助下，尊皇后钮祜禄氏为慈安皇太后，生母皇贵妃那拉氏为慈禧皇太后。载垣、端华、肃顺三人也自封参赞政务大臣。

一切看起来十分恰当，但是清政府其他人看出了问题所在。有些官员直截了当地对奕䜣说，按照清朝祖制，皇上驾崩了，理应是王爷辅政，再怎么说都轮不到肃顺。奕䜣表面上谨言慎行，心里也有自己的算盘。正当他们讨论得热烈时，慈禧太后的亲信安德海突然找上门来。

这安德海是慈禧太后最信任的太监，奕䜣和他聊了半天，秘密地和慈禧太后结盟。次日，奕䜣写了封信，让人送到热河。信的内

38. 两宫太后垂帘听政

容是奕䜣准备前往热河吊唁自己的亲哥哥。而肃顺等人看到这封信大惊失色，心想，这哪里是吊丧？分明就是来夺权！

肃顺借口京城是政治要塞，让奕䜣留在京城一步都不能离开。这事安排好，三人悬着的心还没放下来，御史董元醇突然递上一份

奏折，请求破例让两位皇太后垂帘听政。这显然触了三人的高压线，三人赶紧以"冲撞祖制"的名义反驳了回去。

可三人忽略了一点，皇帝的玉玺在慈禧太后的手上。慈禧太后看到三人如此擅作主张，便找到慈安太后，添油加醋地描述了一番，言语之间颇有两人性命难保的暗示。这慈安太后本来就是一个性格软弱的人，慈禧太后说什么就听什么，当即同意派出安德海再请恭亲王来热河一趟。

奕䜣秘密启程，到了热河之后自然受到了肃顺三人的冷落和指责。可恭亲王人来都来了，总不能直接赶回去。奕䜣明面上是奔丧而来，背地里男扮女装，悄悄地扮成宫女混入慈禧太后的宫中，同她密谈了一整夜。第二天，奕䜣便返回京城。

咸丰帝的遗体一直放在热河，慈禧太后见肃顺等人迟迟不肯护送回京，大发了一通脾气。三人看到慈禧太后如此强势，担心回到京城之后会有大的变故，暗地里起了刺杀她的心思。可慈禧太后早预料到了，派侍卫荣禄一路保护自己。三人无从下手，这才打消了暗杀慈禧太后的念头。

三人回到京城没多久，就被奕䜣带人抓了起来，理由是祸乱朝政。载垣、端华被抓的时候，听到圣旨宣布两位太后垂帘听政，便高声大喊"灭清朝者叶赫"。

原来，叶赫国国主曾经立下石碑，说"灭建州者叶赫"。那时大清国还没有成立，建州是大清的前身后金国所在地。后来，叶赫被努尔哈赤灭国，这个传说却一直留了下来。慈禧太后虽然是叶赫国的后裔，但是大权在握，没有人敢提起这段历史。

最后，载垣、端华被逼自杀。而肃顺被宗人府押到午门砍了头，临死前还在辱骂慈禧太后和恭亲王。自此之后，清政府的政权把持在慈禧太后的手上，再也没有人敢招惹她。

39. 太平天国覆灭

除了清政府内部出现政权动荡之外，远在江南的太平天国也起了内讧。

南京自咸丰三年（1853年）被清兵围困，直到咸丰六年（1856年），杨秀清、韦昌辉、石达开等人率领西征军为南京解围。杨秀清觉得自己功高盖主，让洪秀全封自己为"万岁爷"。这下可好，明摆着是要骑到洪秀全的头上。洪秀全哪能受这个气，暗地里让韦昌辉把杨秀清和他的属下杀了。

没过多久，韦昌辉也被多疑的洪秀全杀害。石达开见洪秀全又对自己心生猜忌，被迫率军出走。

这一场严重的内讧，直接大幅削弱了太平天国的实力。虽然太平军扩大了安徽地区的根据地，但是湖北、江西等地都被清兵夺回，整体上领土大大减少。

同治元年（1862年）一月，太平军年轻将领李秀成率军进攻上海。当时上海有英、法两国的军队驻扎。上海的清兵联合英、法两军，分头拦截太平军。其中，美国人华尔异常卖命，击退了不少太平军。

随后李鸿章奉旨到了上海，打算招募洋人当教练。上海的官员于是推荐华尔，说华尔在美国犯了罪，逃到中国避难，愿意为清军

尽心尽力。李鸿章非常高兴，招了三千人，取名为"常胜军"，任命华尔为教练。

清政府此时又下了一道命令，安排李鸿章到江苏代理巡抚。李鸿章到了江苏，联合英、法两军攻打嘉定、青浦。英法联军碰上李秀成率领的太平军，两军马上开战，却不想英法联军被打得节节败退。

太平军在青浦打了胜仗，又直逼上海，来到程学启的军营附近。程学启手下不到一千名士兵，李秀成的太平军却有十万人之多。但程学启临危不惧，亲自到城墙鼓舞士兵开炮。

很快，李鸿章率领援军赶来，联合程学启击退了太平军。随后，李鸿章亲自督军，一连收复南汇、青浦、嘉定等地区，上海、江苏解除警报之后，清政府任命李鸿章为江苏巡抚。

石达开离开南京后，一路辗转江西、湖南、广西等地，都被当地的清兵赶着走。他听说四川兴起了土匪，便和四川的乱匪勾结在一起。

没想到石达开前脚刚到四川，清朝的追兵后脚就到了。为首的将领，正是曾经在湖南击败过石达开的骆秉章。骆秉章和石达开大战一场，活捉了石达开。至此，太平军的势力又被削去一部分。

太平军占领的地盘陆陆续续被清朝收回，只剩下南京一座城池。洪秀全干脆死马当作活马医，将各地头目一律封王，意在鼓励他们奋勇杀敌。没想到这些"王"反而拥兵自重，不听号令。

南京城被清兵团团围住，太平军的粮道被截，只能吃城里的东西。到了后来，连草根树皮都吃进肚子里。城里的百姓受不了这种折磨，趁着晚上偷偷滑下城墙找食物。洪秀全管不了，也没有心思去管。

在这种弹尽粮绝的环境下，洪秀全没多久就去世了。洪秀全一

39. 太平天国覆灭

死,太平军手忙脚乱地拥护洪秀全的儿子洪天贵福继位,但都是于事无补。

不久后,曾国荃率领清兵攻入城中。曾国荃派人关闭城门,在南京城内屠杀了三天三夜,把十几万的太平军几天之内铲除殆尽。李秀成等人不用说,全都被砍了头。就连死去多时的洪秀全,也被掘了坟墓,尸体被烧成灰,太平天国的幼主洪天贵福虽然及时脱逃,但没过多久也被清兵抓到处死了。

历时十四年的太平天国运动,最终以失败告终。

40. 奕䜣惩治安德海

清兵剿灭了太平军之后，全国整体上算是太平了。偶尔有局部地区模仿太平天国兴起农民运动，也一一被当地的官兵镇压。眼下朝中没有什么大事要急着处理，慈禧太后也闲了下来。

太监安德海看到慈禧太后整日无聊得很，就派人在皇宫里造了个戏园子，专门给慈禧太后唱戏听。慈禧太后一高兴，甚至把咸丰帝的龙袍都赏赐给安德海。

先前，在两宫太后垂帘听政这件事上，安德海立下很大的功劳。如今，安德海又侍奉得慈禧太后舒舒服服，深得慈禧太后的喜爱。安德海的权力越来越大，甚至连同治帝都得让他三分。

皇宫戏院每日开销达数千两银子，也有不少进了安德海的口袋。御史贾铎看不下去了，写了一封奏折参劾安德海。可慈禧太后明面上严令禁止太监滥权，背地里却包庇安德海胡作非为。

安德海在宫中领着慈禧太后吃喝玩乐不够，竟然还想着出京游玩。没想到的是，安德海这一外出，竟然把性命都丢了。

原来，同治帝即将到了娶媳妇的年纪，两宫太后派奕䜣等人协助筹备结婚典礼。安德海趁机提出前往江南监督龙袍的制作。

慈禧太后拗不过安德海，交代了几句便放他出宫了。安德海出宫之后，浑然忘却了自己的太监身份，不仅乘坐豪华游船张扬南下，

40. 奕䜣惩治安德海

还四处收受贿赂，一时间好不得意。

等安德海到了山东之后，却碰上了一根"硬骨头"，这根"硬骨头"，正是山东巡抚丁宝桢。丁宝桢在战场上奋勇杀敌，在官场上刚正不阿，眼里自然是容不下一粒沙子。安德海路过山东的时候，不仅没有捞到丁宝桢的一滴油水，反而被丁宝桢举报到奕䜣那里去了。

丁宝桢一开始收到安德海出京的消息，还觉得莫名其妙：朝廷不是严令禁止太监出京吗？这安德海怎么还当起了钦差？丁宝桢当即亲手写了一封信，让人快马加鞭地送到了奕䜣的手上。

奕䜣早就对擅权作威的安德海不满意了，他收到举报信，马上去找慈禧太后。慈禧太后恰巧在听戏，一旁的宫女太监把奕䜣请了出去。奕䜣便找到慈安太后，据理力争，请太后下旨捉拿安德海。慈安太后同意了。

奕䜣当场拟了一道旨意，慈安太后盖章之后，他马上让人带着圣旨赶到山东。山东的丁宝桢收到圣旨，只见上面写着：捉拿之后可立刻击杀。丁宝桢立即派人追上安德海的船只，活捉了安德海。

安德海还不明所以，怒气冲冲地辱骂丁宝桢。等丁宝桢宣读圣旨的时候，安德海这才意识到大难临头，急忙跟丁宝桢求情。丁宝桢也不说废话，直接让人把安德海拉出去斩首。其余陪同安德海出京的太监，则暂时关进了大牢里。

没过多久，奕䜣又下了一道命令，让丁宝桢处死关在大牢里的太监。整件事几乎是私下进行的，慈禧太后始终毫不知情。直到太监李莲英来报，她这才知道自己宠信的安德海已经下了九泉。

此时慈禧太后还不相信，吩咐李莲英找奕䜣确认。李莲英此人能说会道，面对奕䜣时，将一番利害关系分析得头头是道。奕䜣担心慈禧太后因为安德海的事情怪罪自己，连忙让李莲英帮忙。李莲

英便建议让奕䜣的女儿去讨好慈禧太后，自己也会从中求情。

奕䜣知道李莲英是要卖自己一个人情，日后肯定免不了要为他办事，但总比被慈禧太后降罪好。李莲英临走之前还拿走了慈安太后盖印的密令，为的是拿一个物证。奕䜣当时二话不说交了出来。

慈禧太后看到密令，痛斥奕䜣和慈安太后擅作主张害死安德海。李莲英见机说道，安德海打着慈禧太后的名头招摇撞骗，已经引起了众怒。再加上奕䜣的女儿正好来见，一番话说得慈禧心中的怒火逐渐平息。

李莲英能说会道，比安德海还讨人喜欢，慈禧干脆把李莲英升为大内总管，替代昔日安德海的职位。可李莲英也绝非善茬，这些又都是后话了。

41. 中法战争

太平天国虽然灭亡了,但是还有余党流亡在各个地方。其中有个叫刘永福的人,手下有几百名举着黑旗的士兵,被人称为黑旗军。刘永福和手下的黑旗军逃到了越南,在越南驻扎了下来。

当时,越南跟法国交战,战败后被迫割让了大量土地。法国还不满足,勾结了越南土匪黄崇英,企图再一次攻打越南。刘永福看不下去了,觉得法国一而再、再而三地挑衅,这不是欺负人吗?刘永福帮助越南王攻打法国人,竟然把法国将领给杀了。

越南王收到战胜的消息,一方面高兴地封刘永福为三宣副都督,另一方面又担心法国会报复自己,急忙找法国人议和。法国表示承认越南独立,但是要求越南和其他国家断交,只能跟法国往来。越南这才得到了短暂的安宁。

越南土匪黄崇英活跃在越南的北部,觊觎着与越南毗邻的南宁。好在两广总督刘长佑神勇非凡,很快便把乱匪黄崇英及其党羽歼灭了。

光绪五年(1879年),越南边境有乱匪造反,清政府收到越南王的求救信,派出刘长佑率军援助。刘长佑不负众望,不到半年的时间便把乱匪斩草除根了。越南王很高兴,写了封感谢信给清政府。

后来,这件事被法国人知道了,他们拿着当初的议和条约谴责

越南,说他们不遵守约定,擅自同清朝联系。对于法国的蛮横无理,越南却并未回应。这下可好,法国直接派兵攻打越南。

刘永福的黑旗军虽然能和法国兵打个平手,但越南其他地区的官兵大多作战不力。法国兵见刘永福的阵地打不下,转而攻占越南都城顺化府。这下把越南王吓得不轻,连忙找法国人议和。

这次,法国提出的条件更为苛刻,他们除了要求越南割让领地之外,还要求越南做法国的附属国。越南王见都城都被占领了,自然是点头如捣蒜。

消息传到北京,清政府马上表示不承认这个不平等条约,又派出左宗棠、曾国荃等人镇守边境,威慑法国人。法国也不敢犯难,派出代表找到直隶总督李鸿章,表示要跟中国友好往来,但是跟越南的条约不能更换。

这期间,美国也从中调停,让法国修改越法条约中损害中国颜面的话语,清兵则撤出越南的领土。清政府收到消息,便同意了。但谁都没有想到的是,在云南的边境,中法双方又打起来了。

原来,云南的清兵和法国的将领都没有收到中法议和的消息,他们在边境对峙着,突然就打了一架。这一架,打得法军损失不少。清政府的官员听了捷报,个个主战,而法国却送来公文,要求清政府赔款一千万磅。于是,一场恶战一触即发。

与此同时,法国派出军舰攻打台湾,占领了基隆。幸好台湾提督刘铭传死守宝岛,这才没有让法国人得寸进尺。法国人又跑到闽海,攻打要塞马尾。

镇守马尾的人叫张佩纶,是个纸上谈兵的书生。法国人都打到马尾了,他还坚持认为对方是虚张声势,只要己方按兵不动,他们一定会生怯退兵。如此交代完,张佩纶竟然自顾自地喝酒睡大觉。

等张佩纶被炮火声震醒的时候,法国人几乎已经击沉了所有的

41. 中法战争

军舰,张佩纶吓得赶紧穿上衣服,溜之大吉。

之后,法国人占领澎湖列岛的消息传到朝堂,清政府赶紧派大将左宗棠出马,奔赴福建。而张佩纶自知罪孽深重,却仍旧舞文弄墨,在报告上推卸责任。清政府恨张佩纶恨得牙痒痒,奈何左宗棠等人为他求情,只是把他发配到黑龙江去了。

法挺臂
孤拔着
弹丸

此时的清政府，由于同治帝、慈安太后相继暴毙，年幼的光绪帝尚无法执政，整个国家的大权都落到慈禧太后一人的手里。慈禧太后接连收到战败失守的消息，震怒之下把统兵的官员降职的降职，处决的处决，并趁机革了奕䜣的职。清政府的许多官职出现空缺，慈禧太后安插了一批自己的亲信进去。

中法两军僵持了几个月，出兵越南的清军将领凭借地理优势，一鼓作气击退了法军。而法军进攻浙江海域时，将领孤拔被一个炮兵开炮杀死了。法军群龙无首，一下子军心大乱。正当清军打算乘胜追击的时候，突然传来了天津议和的消息。

原来，越法大战期间，朝鲜和日本也打起了架。这是因为朝鲜有人主张依附日本，学习日本的维新变法，却被日本人利用，引发了国内政变。这场政变最后在驻朝鲜帮办袁世凯等人的镇压下不了了之。

李鸿章此时已经被清政府任命为外交全权大臣，他一头跟法国人签订议和协议，一头跟日本人签订议和协议。最终，清政府失去了越南和朝鲜两个藩属国。

42. 醉生梦死的慈禧太后

眼看着法国夺了越南，日本夺了朝鲜。英国也不甘落后，又跑来跟中国抢夺缅甸的宗主权。清政府此时已经筋疲力尽，见外交口水仗打不赢，便只好作罢了。而暹罗国也在英、法两国的争夺下，被动独立了。

清政府失去了所有的附属国，似乎已经麻木不仁，并未做出什么挣扎。此时，他们忙着另外一件大事：建造颐和园。

建造颐和园这件事，还是李鸿章推动的。这还得说到先前的中法大战。在中法战役中，中方由于海上作战经验不足，在海战过程中频频吃亏，被法国人炸毁了不少的军舰。

经此一役，清政府意识到海防的重要性，决定好好地整顿海军。清政府此时划分台湾为单独的省份，派出专职巡抚来管理台湾的政务和海防。在北京也新设了一个海军衙门，由醇亲王奕譞（xuān）作为总负责人，总理大臣奕劻、北洋大臣李鸿章实际操办。但是这些人中只有李鸿章懂洋务，因此操练北洋海军一事基本上交由李鸿章全权处理。

李鸿章打算在天津操练一支海军，但是建设海军的开销非常大，军费经常吃紧。李鸿章向清政府申请军费，十有八九被驳回。他这时候纳闷了，跑去京城找李莲英询问情况。李莲英告诉他，慈禧太

后想建造一个园林来养老，但是国库空虚建不了。太后心情糟糕，对于各省请求拨款一事更是心生烦躁。

李鸿章灵机一动，出了个馊点子。他建议慈禧太后以操练海军的名头，让各位官员交钱支援海军建设。再从这笔钱中拿出一半，用来建造颐和园，剩下的一半充作海军军费。慈禧太后一听，高兴得不行，马上安排人去办。

过了两三年，耗费了三千万金的颐和园终于修建完毕。这不仅仅是一个观赏性的园林，里面还有一处富丽堂皇的乐寿宫，是慈禧太后的住处。装扮得典雅精致的仁寿殿，则是慈禧太后召见王公大臣的地方。颐和园背靠万寿山，山上建了个佛香阁，供慈禧太后每日拜佛游览。慈禧太后还喜欢听戏曲，梨园弟子便在颐乐殿登台演出。

慈禧太后有了这颐和园供自己享乐，打算把政权交还给光绪帝。大臣们以光绪帝年幼为由，请求慈禧太后继续执政。慈禧太后也乐得答应，安排军机处以下各级机关，统统搬到颐和园办公。慈禧太后每天带着光绪帝在园子里溜达，这头看人唱戏，那头监督办公，颐和园俨然成了慈禧太后的小朝廷。

反观北洋海军，买了几艘军舰，招募了数千海军，算是正式成立了。这时，奕譞和李莲英奉旨到天津阅兵。李鸿章在布置二人的住所时，要求奕譞的房间干净整洁，而李莲英的房间却要装饰得金碧辉煌，连被子都不能有褶皱。

到了阅兵这天，海军们端着枪、踢着正步，看起来有模有样的，舰队队列变化也整齐错落，还被奕譞夸奖了一番。这些天招待奕譞和李莲英、阅兵，甚至加上贿赂李莲英，又花去不少的银两。

李莲英出宫阅兵一事，被正直的御史朱一新举报，说他这是有违祖训。慈禧太后偏爱李莲英，一气之下将朱一新降职处理。此时，

42. 醉生梦死的慈禧太后

李莲英在皇宫里已经被尊称为"九千岁",其地位可见一斑。

光绪十四年(1888年),光绪帝十八岁了,慈禧太后把自己的侄女许配给光绪帝当皇后。慈禧太后表面上把政权交还给光绪帝,

背地里却安排皇后和李莲英监视他的一举一动。

到了光绪二十年（1894年），正逢慈禧太后的六十大寿。颐和园里张灯结彩，众僧念经庇佑太后，前来贺寿的官员络绎不绝，看起来好不热闹。来自全国各地的官员连年搜刮百姓的油水，个个都拿得出来薪水的二点五倍作为贺寿金。

慈禧太后的生日在十月，这才刚二月，颐和园里就已经堆满了各类奇珍异宝。不巧的是，五月份的时候，朝鲜闹了场革命，甚至还导致中日交战。慈禧太后看着清兵接连战败，不得不含泪取消了生日宴会。

 ## 43. 甲午中日战争

朝鲜内战，怎么会导致中日交战呢？原来，朝鲜内乱的时候，朝鲜王李熙请求清政府驻朝鲜帮办袁世凯帮忙。消息传回国内，李鸿章根据《天津条约》的约定，先是派人通知日本，再派兵支援朝鲜。朝鲜的乱党听说中国和日本的援兵都到了，马上四处逃窜。

清兵正想撤军，日本却反而增派了援军，镇守朝鲜各地的军事要塞。袁世凯致电李鸿章，说中日可能会交战，请求北洋海军做好准备。可北洋海军说到底也只是花拳绣腿，李鸿章心里有数，只是叫袁世凯根据《天津条约》和日本人打口水仗。

清政府始终认为朝鲜是中国的附属国，而日本人则搬出《天津条约》，说朝鲜早就独立了。他们增兵，是打算和清政府共同保护朝鲜，日本人说得似乎有理有据，一时间谁都无法反驳。

朝中官员看到日本这么一个弹丸小国都敢和自己叫嚣，纷纷上疏光绪帝，要求同日本开战。光绪帝也坚持主战，派李鸿章率领北洋海军攻打进驻朝鲜的日本兵。李鸿章却磨磨蹭蹭的，不仅不出兵，还让驻日大使王凤藻跟日本外务省继续打口水仗。

正当李鸿章厚着脸皮拖延之际，日军已经占领了朝鲜皇宫，宣布朝鲜独立。李鸿章只好把驻扎在朝鲜的袁世凯叫回国内，准备开战一事。

不料日军直接出击,抢先攻打牙山的清兵。镇守牙山的叶志超懦弱无能,一听到日军来攻,直接寻求北洋军的援助。李鸿章派出的援军到了半路上,被日军击沉,一个活口都没留下。

叶志超左等右等,始终等不到李鸿章的援军。这时,他手底下的总兵聂士成请求出战。聂士成到了成欢驿,拼死搏斗击退了日军。聂士成派人把捷报传回牙山,没想到那人回来报告说叶志超已经逃到了平壤。

这下糟了,聂士成的军队军心大乱,根本没有御敌的想法。聂士成只好也跟着撤退,退回到平壤。清兵聚集在平壤,一时间日军也不敢贸然进攻。

而清政府收到聂士成击退日军的消息,提拔叶志超为统帅、聂士成为提督。但是叶志超这个人素来没有威信,即便是当上了大领导,也没有几个人听他的。叶志超手底下的军官趁着休战的空隙,到处欺辱朝鲜的百姓,惹得朝鲜子民怨声载道。

没过多久,日军突然对平壤发难。叶志超召集各位将领,商量御敌的办法。叶志超贪生怕死,只想着堆高壁垒进行防御。他的言论激怒了援军将领左宝贵,席间其余人均对叶志超的不作为感到愤慨。

左宝贵跟叶志超争吵一番后,便决定亲自率军御敌。没想到上了战场之后,左宝贵发现有些士兵的枪射不出子弹,有的则是弹未射出,枪管已经炸裂。仔细一看,枪杆子竟然都生锈了。这些枪都是李鸿章从德国买过来的,验收的时候没仔细检查,分配出去的时候才知道这些枪半新半旧。

左宝贵长叹一声,最终中弹身亡。

叶志超收到前线战败的消息,却稳稳当当地坐在平壤城内,既不进攻,也不撤退。原来,他早早地在城墙上升起了白旗。日军看

43. 甲午中日战争

到叶志超投降，便没有攻打他。而叶志超就趁这个时候，偷偷地率兵逃回了辽东。

这群逃兵，基本上都经由李鸿章训练。李鸿章威名在外，原本日军十分忌惮这群士兵，但实际交战之后，才发现这么没用，便开始大胆起来。日军不仅占领了朝鲜的好几个城市，还要跨过鸭绿江，侵占中国辽东！

海军提督丁汝昌看到日军攻入黄海,连忙坐镇定远舰迎敌。此时,清朝共有十二艘军舰,都在丁汝昌的指挥下摆成了人字形。日军十一艘军舰排成一条长蛇而来,游击艇快速抄到清军后面,一时间前后夹击,炮弹齐发,击沉了清军的超勇舰,清兵一下子军心大乱。

致远舰管带邓世昌不惧敌军,下令开船撞击日军最大的吉野舰。没想到的是,致远舰半路碰上鱼雷,邓世昌等人壮烈牺牲。经远舰管带林永升也临危不惧,死死咬着敌舰开炮。不幸的是,经远舰中弹引发火灾,最终又触发鱼雷,沉入海洋。但敌方赤城舰也被击中,打穿了一个大窟窿。

令人欲哭无泪的是,济远舰管带方伯谦逃跑时撞上扬威舰,把千疮百孔的扬威舰撞沉了。其余的几艘军舰都掉头逃跑,丁汝昌指挥定远舰虽然击沉、击伤了两艘军舰,但是自身也中了几炮,无法再战斗。不得已之下,丁汝昌只好下令突围撤回港口。

海军战败后,丁汝昌和叶志超一同被革了职。丁汝昌本来打算退居旅顺修复战舰,没想到日军攻入了旅顺。丁汝昌顽强抵抗了一阵,往城墙上挂起白旗,写了一封亲笔信请求日方善待旅顺百姓,随后服鸦片自杀了。

陆军、海军接连失利,清政府不得不派出李鸿章到日本议和。中日双方签订了丧权辱国的《马关条约》,中方赔款两亿两白银,割让辽东半岛、台湾、澎湖列岛给日本。

这时,俄国、法国、德国突然联合起来,帮清政府夺回了辽东半岛。可俄国觊觎中国的领土,趁火打劫要走胶州湾作为军港,还自作主张在吉林、黑龙江两个省份修建铁路。法国不甘示弱,拿走了中国华南边境的铁路权。

过了一年,山东死了两个德国的传教士,蛰伏已久的德国突然攻进了胶州湾。

44. 光绪帝维新变法

德国侵占胶州湾,是蓄谋已久的行为。清政府刚找到德国大使海靖质问,对方马上提出了六大条约。主要内容是德国要租下胶州湾,租期九十九年;胶州到济南的铁路权以及铁路沿线的采矿权也交给德国。

清政府的海军、陆军都在甲午海战中遭受重创,武力值几乎为零。清政府此时已经是砧板上的鱼,德方说什么就答应什么,毫无反抗之力。

条约一出来,俄国人就不高兴了,这胶州湾早就租给俄国当军港,现在说给德国人就给德国人了。俄国人怒气冲冲地找到李鸿章,问他要个说法。李鸿章抛了脸面,转而把旅顺和大连湾租给了俄国人。这下德国人和俄国人都高兴了。

可没过多久,英国人又来了。他们觉得清政府给了德国和俄国租借地,却唯独不给大英帝国,完全违背了条约中的"利益均沾"原则。清政府见状,又推李鸿章出来应对。李鸿章见英国人坚持索要山东威海卫,便也拱手相让了出去。连同香港九龙的租期,都延长到九十九年。

到了第二年,有法国军官在广州遇害。法国人如法炮制德国人的阴招,开着军舰侵占广州湾。清政府仍是一副任人宰割的模样,

跟法国人签订了议和条约,把广州湾租给了法国人。

世界各国的人看到清政府如此软弱,纷纷起了瓜分中国的心思,以至于连小小的意大利都威逼利诱要租借浙江的三门湾。清政府见状,直接把沿岸的所有港口都开放通商。各国看到中国的港口都变

44. 光绪帝维新变法

成共有，也不好意思再来纠缠。

此时，光绪帝已经亲政几年了。他看到中国因为实力软弱，一直被迫割地赔款，就想通过维新变法来改变中国现状。可清政府的官员们基本上都是迂腐的守旧派，他们害怕国家一旦实行变法会影响自己的乌纱帽，纷纷贿赂李莲英等人，推动慈禧太后从中阻拦。

于是，清政府分成了两大党派。一个是以光绪帝为首的维新派，另一个则是以慈禧太后为首的顽固派。其中顽固派的支持者较多，维新派的最大支持者，则是光绪帝的老师翁同龢（hé）。

翁同龢也讨厌清朝官场那套迂腐的做派。他看到光绪帝整天闷闷不乐，便把工部主事康有为推荐给光绪帝。康有为是一个维新派，但是他职位太低，说的话没人信服。

康有为见到光绪帝之后，两个同样郁郁不得志的青年一拍即合，其间聊了不少关于维新的观点，事后，康有为还写了好几份关于变法的意见给光绪帝。光绪帝看了之后，也是十分赞同，于是在光绪二十四年（1898年）四月下了数道命令实行变法。

在光绪帝的新政中，有废除八股文、建立新学堂、精简政府官员、改革选拔制度、开设经济学科等举措。此外，光绪帝还安排康有为推荐的维新派官员杨锐、刘光第、林旭、谭嗣同担任军机章京行走。康有为的徒弟梁启超、弟弟康广仁，也一并被光绪帝录用。

对此，慈禧太后表面上不作阻拦，背地里却和光绪帝展开了拉锯战。光绪帝罢免顽固派的官员，慈禧太后就提拔自己的亲信荣禄当直隶总督。光绪帝让谭嗣同等人加入军机处，慈禧太后就安插自己的眼线进去。

但维新派的变法，有一条直接触犯到李莲英的利益，那就是废除太监。李莲英急得焦头烂额，哭着请慈禧太后救命。慈禧太后与李莲英密谋了一个办法，当即决定写信给荣禄。荣禄没过多久便上

奏，请求光绪帝带着慈禧太后到天津阅兵。

光绪帝明白此行有风险，便私底下让时任直隶按察使袁世凯勤奋练兵，以协助自己对抗荣禄。光绪帝临行前，跟袁世凯交代，让他到了天津马上把荣禄杀了，再率兵围攻颐和园，把慈禧太后软禁起来。

没想到的是，光绪帝前脚刚走，袁世凯后脚就向荣禄出卖了他。荣禄知道此事十万火急，赶紧调数千精兵赶来京城。慈禧太后知道后，马上找来顽固派亲信们商议，最后命令荣禄前往天津捉拿维新派人士，并将光绪帝软禁起来。

有个姓孙的太监是光绪帝安插的眼线，他悄悄地把这件事告诉了光绪帝。光绪帝自知插翅难逃，便通知康有为火速离京。不久后，光绪帝被一群宫女太监带到瀛台囚禁，政权彻底被慈禧太后废除。

康有为提前收到消息，辗转逃到了日本。梁启超也到了日本，和师父一起宣传维新思想。但国内的维新派就没那么好运了。六君子谭嗣同、杨深秀、康广仁、林旭、杨锐、刘光第，他们本来有机会出逃，却选择留在北京，最终被砍了脑袋。其余的维新派，要么被发配到边疆，要么被罢官。

维新变法运动持续了三个多月，便被清政府以取消各项新政、屠杀戊戌六君子的手段，扼杀在襁褓中。

45. 义和团运动

光绪帝被幽禁在瀛台,政权又落回了慈禧太后的手上。但是慈禧太后也到了古稀之年,有心而无力去管理朝政。因此,她开始物色起新的皇帝。

慈禧太后之所以没有直接罢黜光绪帝,是担心引起国内外人士非议。于是她下令以光绪帝的口吻发了一道旨意,说光绪帝因病无法执政。

到了光绪二十五年(1899年),朝廷突然下诏,选定溥儁(jùn)为皇位继承人。溥儁是端亲王载漪(yī)的儿子。当初载漪见慈禧太后有废光绪帝、另立皇帝的意思,便故意让他的福晋带着儿子溥儁入宫讨好慈禧。久而久之,溥儁便深得慈禧的欢心。

光绪帝被囚禁之后,已经丧失了全部的斗志,像提线木偶一样任由慈禧太后摆布。光绪帝没有子嗣,他得知慈禧太后要立溥儁为大阿哥,逐渐继承他的帝位,还亲自在命令上盖了章。

之后,溥儁进了宫里,按照皇帝的标准开始接受培养。而载漪借了溥儁的势,权力越来越大,最后竟然闯出一场大祸事。

这事,还得从义和团说起。

山东有一些喜欢舞刀弄枪的人,组成了一个叫义和团的小团体。义和团的人自称刀枪不入、水火不侵,能帮百姓扬善惩恶。山东巡

抚毓贤是个糊涂蛋,以为义和团的人是侠士,这侧面助长了义和团的威风。

毓贤本是载漪手下的人,他建议载漪把义和团的人召集到京城保卫大阿哥溥儁。载漪也是脑子进了水,以为这群人可以保护清政府,赶走干涉内政的洋人,便把这件事报告给慈禧太后,把慈禧太后说得动了心。

随后,裕禄奉命召集义和团到北京。这群拳民个个牛高马大,披着红色头巾、红丝带,看起来虎虎生风。荣禄见状大喜,专门划了一块团练局,安排这群拳民居住和练拳。团练局外面竖起了大旗,上面写着"义和团"三个大字。

义和团受了皇家的礼遇,如野火燎原般猛烈扩张。没过多久,团练局已经住不下义和团的拳民了,这群人就分散住到寺庙里。后来寺庙也住满了,他们就住进百姓家里,让家家户户都跟着练习拳法。

义和团的泛滥惹出了大问题。天津的义和团拳民帮助一个百姓围攻天主教堂,滥杀无辜,官兵到了还不肯收手,抡起大刀和清兵对着干,还把一个副将给杀了。事态越来越严重,清政府不得不派出协办大学士刚毅等人捉拿拳民。

这群作乱的拳民被押送到京城,没多久就放了出来。原来,是载漪等人极力劝说慈禧太后,这才保住了他们。有了清政府的庇护,义和团的人几乎挤满了京城,大街小巷都能看到头戴红巾的拳民。

这群人无组织、无纪律,依仗着清政府这张保护伞,到处破坏外国人修建的铁路、电线、住宅。破坏基础设施还不够,他们还闯到东交民巷里头,隔三岔五地攻打各国大使馆。其间,还把日本大使馆书记官杉山彬、德国大使克林德杀了。载漪不但不理会大使馆的求救信,还嗑起瓜子看起了戏。

45. 义和团运动

可洋人眼里哪能容得进沙子？英国、美国、俄国、法国、日本、德国、奥匈帝国、意大利八国直接联合起来，将军舰开到了大沽口岸，要求清政府交出大沽口炮台赔罪。

这时，载漪又干了件火上浇油的事情。他找人以外国大使的口吻写了一封信，信上逼迫慈禧太后交还政权给光绪帝。慈禧太后看到这封信之后，气得要跟八国联军开战。大学士荣禄还是个理智的人，双膝跪地请求慈禧太后冷静处理。可慈禧太后此时早就被愤怒蒙蔽了双眼，她直接把荣禄赶了出去。

刑部尚书赵舒翘则提出，干脆一不做二不休，直接把在中国各地活动的洋人赶尽杀绝，以免他们节外生枝。也有不少的官员主和，太常寺卿袁昶（chǎng）更是直白地对外国使臣的那封信提出质疑。

听了袁昶的话，载漪像是被踩中了尾巴一般，对袁昶破口大骂起来。

46. 八国联军侵华

载漪突然发狂，令在场的人都意想不到，但是慈禧太后此时昏头昏脑的，也察觉不出异常。她下发了对八国宣战的命令，致电各省做好准备。又安排荣禄通知各国大使，让他派兵护送大使们转移到天津。

会议结束后，袁昶和吏部左侍郎许景澄联合写奏章弹劾义和团的罪行。外省都督、巡抚也有人致电京城，请求停战。但是这些声音传到朝堂，就像一滴水落入了大海一般，消失得无踪无影。

此时，山东巡抚由袁世凯担任。他也很反感义和团的拳民，为此还想出来一个办法整治他们。他放话说真拳民已经到了北京，而山东本省的都是假拳民真土匪，要把他们逐一剿灭。于是几天的时间里，山东省的拳民就已经被铲除干净了。

两江总督刘坤一看到清政府已经决心开战，情急之下想出来一个办法。他联合李鸿章、张之洞等人，跟各国大使商量着东南一带的和平协议。恰巧这时候，英军在清兵和义和团那里吃了败仗，各国大使未免担心起来，都劝说本国跟中国东南各省签订和平协议。

八国联军来到天津大沽口，猛烈开炮击退了清兵。此时，北京的义和团、山东的义和团都跑到了天津。这群人没有军饷，便向老百姓勒索，还放火烧了租界的洋房，使得天津陷入水深火热之中。

46. 八国联军侵华

八国联军的统帅西摩尔仓促救援,被清兵和义和团击退。消息传到京城,慈禧太后高兴地赏赐了白银十万两给义和团。义和团受了嘉奖更加得意忘形,竟跟直隶提督聂士成的军队打了起来。

原来,先前义和团破坏铁路的时候,跟聂士成打过一仗,被杀了不少人,从此便记恨起他。大沽口被八国联军侵占后,聂士成率兵到天津支援,却被义和团杀了不少手下。聂士成回报到清政府,却没有人理会他。

等八国联军逼近天津城的时候,聂士成率兵和洋人拼死搏斗。本来聂军慢慢占据了上风,没想到这时候义和团的人从后面冲了出来,直呼要取聂士成的性命。聂士成自知突围无望,冲进洋人的军队里玩命搏杀,最终中弹身亡。

聂士成死后,天津能作战的只有马玉昆的军队。马玉昆这人骁勇善战,和洋人打得不相上下。可惜义和团加了进来,作战时口号喊得最大声,洋人一开炮跑得最快,扰乱了马玉昆的计划。

义和团的人看到马玉昆的军队戴草帽作战,指责马玉昆崇洋媚外,多次在裕禄面前告状。清政府的命令一下来,马玉昆不得不要求士兵摘下帽子打仗。不巧的是,马军对战洋人的时候,刚好下起了大雨。雨水模糊了马军的视线,使得他们节节败退。

裕禄听说马军战败的消息,惊慌之下安排义和团镇守城南。没想到这群拳民到了城南,直接打开城门四处逃窜了。裕禄这时才知道自己信错了人,赶紧躲进了马玉昆的军营避难。

天津沦陷的消息传到京城,慈禧太后的脑袋忽然清明了起来,派人调查出外国信件是载漪伪造的。恰好许景澄、袁昶又上疏慈禧太后,细数义和团的滔天罪行,请求严惩包庇义和团的载漪等人。慈禧太后震怒之下,对着载漪臭骂了一顿,还扬言要把载漪抄家。

载漪也是个两面派,他跪在慈禧太后面前磕头求饶,背地里派

人把许景澄、袁昶二人抓了起来，擅自押送刑场砍头。载漪杀了二人还不解气，又利用义和团接连杀害了和他作对的三位大臣。

载漪虽然担心慈禧太后治罪自己，但是他还对获胜怀有一线希望。这一线希望，就是统帅李秉衡。李秉衡到了天津，尽心尽力地调兵遣将，可其余的军官却三天打鱼两天晒网，根本不执行命令。李秉衡孤掌难鸣，看到洋人进了城，便服毒自尽了。

没过几天，八国联军攻打北京。载漪的幻想彻底破灭。

 **47. 辛丑条约**

光绪二十六年（1900年）五月至七月，八国联军从天津打到北京，慈禧太后整日以泪洗面。万般无奈之下，慈禧太后请李鸿章去找洋人议和。可李鸿章直接拒绝了慈禧太后。

李鸿章认为，八国联军侵华完全是因为义和团在大使馆作乱造成的。后来在交战过程中，外国伤亡的只有几百人，中国却伤亡了两万多人，也是因为义和团捣乱和临阵倒戈相向。他请求慈禧太后先惩戒了扶持义和团的奸臣，自己再去议和。

还没等慈禧太后下定决心，八国联军就已经攻打到天坛。慈禧太后急忙扮成普通老百姓的样子，带着光绪帝、大阿哥等人离京。其余的妃嫔，则被留在了皇宫。

慈禧太后离宫前，安排太监把光绪帝最喜欢的珍妃推进井里溺死。慈禧太后为什么要这么做呢？原来，先前光绪帝被幽禁在瀛台，陪伴他的是珍妃。慈禧太后曾经去看过光绪帝，被性格刚烈的珍妃顶撞了一番。等光绪帝被允许回宫之后，珍妃却被人带到了冷宫禁足。

慈禧太后出逃后没多久，八国联军就侵占了北京。土匪趁此机会大肆抢劫。反而是日军悬挂起军旗的地方，没有人敢作奸犯科。皇宫里的妃嫔由于受了日军的保护，也安然无恙。但清政府的官员

得知洋人进犯后,有不少人留下遗书自尽。

慈禧太后一行逃到了山西巡抚毓贤那里。她迫于形势压力,不得已让光绪帝发布诏书责备自己,又让李鸿章当全权大臣,协同庆亲王奕劻和八国议和。

李鸿章即便再怎么不情愿,也只能奉旨进京。这时,八国联军的统帅瓦德西住在紫禁城仪銮殿。李鸿章和奕劻到宫里面见瓦德西时,不由得感叹物是人非。好在瓦德西和李鸿章是旧相识,谈起议和一事瓦德西也答应了,但要求李鸿章征询各国大使的意见。

这个过程比较麻烦,八个国家的大使意见都不一致,瓦德西又跟李鸿章提出两个条款,一是严惩乱党,二是请求太后和皇帝回京。慈禧太后收到消息,却一直犹犹豫豫的,下不了决定。

八国联军看到清政府迟迟没有动静,又直接攻陷了河北保定。这可把慈禧太后吓得不轻,直接逃到了千年古都西安。她安定下来后,急忙发出一份装模作样的电报,要惩治诸位大臣。说是惩治,最严重的也不过是革职后停发薪资。

八国联军不乐意,眼看着又要大动干戈。李鸿章和奕劻不得不先答应前面两个要求,再跟八国商量剩余的条款。最终商定的条款为十二项,最重要的几项是:中方禁止输入军火材料两年,赔偿八国损失四亿五千万两白银,使馆界内禁止华人居住,撤销京津地区的军备,更改总理衙门的职责。这就是《辛丑条约》。

这时,慈禧太后出逃在外已经快一年了。她迫于压力,重新发布了一道命令,把包括载漪在内的包庇乱匪的人都砍了头,连同大阿哥也一并废黜。唯独剩下李莲英一人,仍逍遥法外。

八国联军退兵后,慈禧太后带着光绪帝回到北京。她仿佛忘记了往日的悲痛,整日在颐和园里游玩。等到春暖花开之际,还邀请各国大使的夫人到颐和园赏花。慈禧太后的快活日子还没过多久,

47. 辛丑条约

日本和俄国又跑到中国的东三省打仗了。好端端的，日俄怎么会在东三省打起架来呢？

原来，先前义和团作乱的时候，俄国派兵保护哈尔滨的铁路，半路上和清兵起了冲突。等《辛丑条约》签订后，俄国又想要走东三省的主权。这件事把李鸿章气得一病不起，东三省一事就暂且搁置了。

总理衙门现在变成了外务部，王文韶顶替了李鸿章的位置。王文韶和奕劻一起，跟俄国签订收回东三省的条约。俄国签了条约却迟迟不退兵，而日本对中国领土也虎视眈眈，两国竟在辽东打起了仗。

慈禧太后大惊失色，和群臣商量之后，想出了一个馊点子：中立。随后，慈禧太后发布了一道命令，说和俄国、日本都是友邦，不方便出战，让东三省的清兵按兵不动。俄国收到消息不为所动，日本却急得抓耳挠腮，要求中国派兵防守东三省。

慈禧太后也不好完全袖手旁观，便派出马玉昆等人镇守山海关和张家口，又明令禁止日俄两国破坏东三省的陵寝和民居。战后无论谁输谁赢，中方自动收回东三省主权。

不久后，日方战胜俄国，这件事也就此平息。

一波刚平，一波又起。东三省的问题刚解决，西藏问题又冒了出来。

48. 革命党人的暗杀活动

光绪十九年（1893年），清政府跟英国签订过《藏印续约》[光绪十六年（1890年）签订《藏印条约》]，允许开放亚东地区。从此之后，英国商人就通过印度来到西藏经商。俄国人后来拉拢西藏达赖，让他跟英国人对着干。达赖收受了贿赂，频频阻拦英国商人经商。

在日俄大战期间，英军趁机攻打西藏。西藏的武装力量薄弱，达赖见形势不对，马上逃离了首府拉萨。最后，还是噶尔丹寺的长老出面，私自和英国签订了议和条款，西藏才得以保全。驻藏大臣有泰等英藏议和条款签订后，才敢拍电报告知清政府。

清政府的尚书侍郎唐绍仪擅长外交，他研究了这份议和条款，发现其中最重要的一条是西藏事务不得由任何国家干预，除非得到英国的同意。唐绍仪马上指出问题的严重性，说英国是想把西藏从中国分裂出去！

外交部的人便派遣唐绍仪作为全权大臣，前往西藏修改英藏条约。英国人得到了便宜，肯定咬定不放松。双方争辩了好几年，唐绍仪始终不肯退步，直到光绪三十二年（1906年），英国终于承认中国拥有西藏的领土主权。

日俄战争结束后，实际上东三省已经被日本和俄国掌控。自此

48. 革命党人的暗杀活动

之后,中国逐渐有一些有识之士觉醒,他们发现一人独断的君主专制政体弊端非常大,已经严重影响到中国的领土主权完整。而日本的君主立宪制,则是君主拥有行政权,立法权交由议会掌握。日本自从明治维新之后,国家实力大幅提升,甚至能在日俄大战中战胜俄国。反观俄国,还在实行封建的沙皇专制制度。

国内反对专制的声音愈演愈烈,连清政府内部都出现了不同的主张。慈禧太后只好宣布"新政",做一些表面功夫,比如暂停科举考试,派人出国留学,操练新式军队,取消严刑逼供,还特派载泽、戴鸿慈、徐世昌、端方、邵英五大臣出国考察政治。

就在徐世昌等人出国当天,一颗炸弹拦住了他们的去路。

要说起这颗炸弹的由来,还十分复杂。先前康有为和梁启超逃到日本,在日本成立了一个保皇会,吸纳了不少的中国留学生和华侨。但广东香山的孙中山和这两人不同,他主张通过革命来彻底推翻清政府的统治。

孙中山这人从小接受平等、博爱的西式教育,后来当了医生,借助行医的名义认识了不少志同道合的人。孙中山便成立了兴中会,自己担任会长。他还买了一些军备武器,为革命做准备,没想到被内鬼出卖,只好逃到英国。

孙中山到了英国之后,被驻英大使骗去囚禁了起来。幸好孙中山以前的英国老师康德利出手相助,他才得以脱身。之后孙中山便周游各国,广交朋友,吸引了一些愿意投身于捐助革命的仁人志士加入。

此时国内兴中会的革命进行得并不顺利,频频有革命党人被杀。革命志士吴樾(yuè)非常愤怒,他听说徐世昌等人要出国,专程来到火车站,看到五大臣将上车,当下取出炸弹抛去。没想到的是,五大臣安然无恙,吴樾自己却被炸死了。

经历了这么一场风波,徐世昌、绍英怎么也不肯出国,清政府只能另派尚其享、李盛铎顶替他们。这五位大臣游历了日本、美国、英国、德国,总结各国的方针政策,致电清政府请求尽快实行君主立宪制的改革。

慈禧太后听了这几人的报告,让奕劻作为总负责人,改革清政府各级衙门。奕劻也十分机灵,做出了一番换汤不换药的"大变动",各衙门基本上只改了个名字。清政府又派出几位官员分赴英、德、日三国考察宪法,颇有大行君主立宪制的意思。

正当清政府以为这样就能平息革命党人的怒火的时候,安徽突然传来官员遇害的消息。

48. 革命党人的暗杀活动

杀死安徽巡抚恩铭的人，是一个名叫徐锡麟的候补道员。徐锡麟曾经创办过两所学堂，后来又在德国的警察学堂进修了半年。回国后，徐锡麟跟在日本留过学的表亲秋瑾女士一起创建了光复会。

后来徐锡麟又重新办起学校，通过学校来储备革命军，其间还买了个候补道员的官职，暗地里联系海内外的革命党运输军备器械。而这时，两江总督端方提醒恩铭，有革命党到了安徽。徐锡麟此时深得恩铭的信任，被提拔到他身边做事，自然也看到了这份电报。他便先下手为强，把恩铭击毙了。

很快，徐锡麟就被抓了起来处死了。而徐锡麟的家人纷纷和他划清界限，生怕连累到自己。只有秋瑾女士面对审问时坦坦荡荡，最终也英勇就义。光复会的成员也被抓起来砍头，这个革命组织最终分崩离析了。

其间中国又陆续发生了几场小动乱，逐一被清政府镇压了下来。而慈禧太后和光绪帝两人双双得了重病，已经不管朝政了。慈禧太后情况稍微好一点，她打算立现任醇亲王载沣的儿子溥仪为新帝。

按理说，太子的位置无论如何都轮不到溥仪。但溥仪是醇亲王和荣禄的女儿生的儿子，荣禄又一生效忠慈禧太后，慈禧太后此番竟是要回报荣禄的忠心。对此，光绪帝即便是濒临死亡了，也不敢提出异议。

等光绪帝快死的那天，慈禧太后特意安排太监给他提前穿上寿衣。光绪帝不愿意死前受辱，一直挥手反抗。不一会儿，光绪帝驾崩了，年仅三十八岁。

次日，慈禧太后替新皇帝颁布诏书，等处理了一切事务之后，也到了弥留之际。慈禧太后在意识尚且清醒的时候，要求大臣们不能再让女性参政，更不能让太监滥权。交代完毕，慈禧太后也去世了。这一年是光绪三十四年（1908年）。

49. 黄花岗起义

慈禧太后去世后，清政府的官员仍旧是一副烂泥扶不上墙的样子。此时世界各国都对中国的领土虎视眈眈，俄国看上了蒙古，英国人舍不得西藏，连法国人都还窥视着云南。连年的战乱影响到老百姓的性命安危，可以说，彼时的中国处在一个水深火热的状态。

各省的官员已经意识到问题的严重性，纷纷派出代表到京城，请求清政府召集议员开国会。这群请愿团费了很大的功夫，消磨了两年的时间，都没得到清政府的明确回应。从此，这些官员、百姓开始意识到完全依仗清政府是绝无出路的。

没过多久，清政府排查出地安门外的地雷，出动警察把嫌疑人汪兆铭和黄树中抓了起来。这两人是革命党，对自己的行为供认不讳，并拒绝认错。负责审理他们的是民政部尚书善耆，他担心处死两人会招来革命党更疯狂的报复，便和摄政王载沣商量了一番，最终决定把汪、黄两人终身囚禁在监狱，免去一死。

听到汪兆铭和黄树中被抓的消息，黄兴等革命党人都非常愤怒，私底下加快了革命的进程。他们把革命根据地定在广东，因为广东这个地方经济发达、交通便利，加上长期被西方文化浸透，老百姓的思想相对来说比较先进，是革命的最佳阵地。黄兴等人花了几个月的时间购买军备、起草起义文书。

49. 黄花岗起义

可谁都没料到的是，正当黄兴打算在宣统三年（1911年）四月份起义的时候，广东发生了一件大事。

这还得提到一个叫冯如的广东人，这人在美国学习飞机制造技术，学成之后做了一架飞机，带回了广东。广东总督张鸣岐知道后非常高兴，让冯如选个良辰吉日试驾飞机，冯如便选在三月初十。

到了三月初十这天，前来参观飞机试驾的官民络绎不绝，甚至连广州将军孚琦都偷偷跑了出来。飞机起飞的时候，所有人的注意力都被吸引住了，个个都看得津津有味。就在这个时候，有个刺客突然冒了出来，连开数枪击毙了将军孚琦。

刺客温生财被抓之后，说自己的同党是四万万中国人，到死都不肯供出其他的同谋。温生财一死，清政府马上调动大批清兵进入广东，加强了广东的防守。黄兴等人知道这个消息，有的说暂时不要行动，有的说组织暂时先解散。但黄兴认为，他们准备充足，完全有底气攻打广东。

等到了三月二十九日这天，广东政府突然又加强了防守。黄兴认为是他们起义的消息走漏了出去，与其被清政府一锅端，不如直接先发制人。

这天下午，敢死队坐上轿子，以拜访总督张鸣岐的名义到了衙门。一进衙门，敢死队的人便扔出炸弹，把总督府的大门炸烂了，还把管带金振邦给杀了。也就是这时，总督张鸣岐听到衙门传来爆炸声和枪声，赶紧爬窗逃了出去。

张鸣岐逃出去后，找到水师统帅李准求助。李准率兵赶到总督府，和革命军打得不分上下。就在这时，李准故意对士兵们大吼一声，说抓到一名革命党人重重有赏！这群清兵马上来了斗志，瞬间变得神勇非凡。渐渐地，革命军寡不敌众，很快就被李准的军队打退了。

第二天，革命军又卷土重来，派出一队人马攻打军械局。但军

械局守卫森严，很快就把革命军击退了。在清兵的搜捕下，革命军退无可退，最后跑进了米店。他们把米袋堆在门口，垒得高高的，暂时充当一道防护墙。

李准也是个心狠手辣的人，他直接让人把汽油浇到这些米袋上，一把火把米店给烧了。大多数的革命党人死在了里面，其余地方也有不少人阵亡。不过因为革命党人不仅不骚扰百姓，还救助他们，所以广州城里并没造成多大损失。

等这场起义被镇压之后，张鸣岐杀了抓到的革命党人中的一半，葬在黄花岗上。后来经过革命党人自己调查，牺牲的革命党人有八十九人，有七十二人被葬在黄花岗，他们也被称为黄花岗七十二烈士。民国时期，一家报纸写了一首挽联纪念他们：

黄花岗下多雄鬼，五色旗中吊国殇。

50. 清朝的覆灭

广州起义被镇压之后,清政府以为从此高枕无忧,便开始组建起内阁来。

庆亲王奕劻资历深厚,不出意外地当选了总理。而徐世昌因为多次身居要职,跟前尚书那桐一起当上了总理的副手。剩下的官职仍旧选用老臣来担任,只不过更换了以前的称呼,摄政王的两个弟弟并无半点军事知识,却也当上了军部大臣。

这时,各省谘(zī)议局联合会一起上疏,提醒清政府不要选用皇亲国戚当大官,应该重新选拔人才。联合会上疏两次,清政府才回复说官员任免权由君主享有,各省议员不得干预。

没过多久,清政府又做出一个重大的决定:把铁路收归国有。

彼时,中国独立建造的铁路寥寥无几,大多数需要借外债,甚至是抵押铁路权给外国人。随着商民思想的进步,人们逐渐意识到铁路权的重要性。如果把铁路权交给外国人,外国人完全能掌握部分地区的地图。一旦打起仗来,外国人可以利用铁路地图摸清作战路线,这是一个极大的隐患。

四川、汉口到商民还通过集资,修建了两地之间的铁路。可这时,清政府拿铁路权作为抵押,借四国银行的外债来修建铁路,无疑是跟全国人民对着干。四川人专门开了个保路大会,又通过商人

罢市、学校罢课来表达对清政府的不满。清政府派出铁路总办端方，让他处理四川的动乱。

四川总督赵尔丰故意交了份假报告，说四川人民闹革命，被自己镇压了。赵尔丰以为清政府会嘉奖自己，没想到朝廷直接派出两广总督岑（cén）春煊（xuān）到四川平乱。赵尔丰怕岑春煊抢自己的功劳，想尽办法劝岑春煊暂时留在了武昌。

宣统三年八月十九日（1911年10月10日），武昌爆发起义，岑春煊心想自己不是此地地方官，不负有责任，干脆利落地离开了武昌。而湖北总督瑞澂是个草包，他发现武昌起义涉及自家新军，便下令让人严查。这下军营里人人自危，都起了造反的心思。

这群士兵拥护二十一混成协协统黎元洪为都督，直接把谘议局改成军政府，又邀请议长汤化龙当民政总长。清政府还没来得及反应，又收到了黎元洪发出的讨伐通告。

随后，湖南、山西等省份纷纷响应。清政府不得已之下，任命袁世凯为钦差大臣，出马平定叛乱。袁世凯趁机提出要改组内阁和修改宪法，清政府直接让他当上了内阁总理。

国内革命浪潮席卷了大江南北，云南、陕西、江西等地杀出了蔡锷、陈其美等革命党优秀将领，长江流域的各个省份大部分都宣告了独立。清军在和革命军的对战中，接连战败，实力被大幅削弱。清政府急得火烧火燎，而内阁总理袁世凯心里却打着小算盘，不紧不慢地派人跟黎元洪议和。

黎元洪同意停战议和，但提出了要求清帝退位的要求。

袁世凯正式派出唐绍仪当议和代表，让他到上海与革命党的代表伍延芳谈判。双方对于清帝退位和改行民主制这两项各持己见，一时间争论不休。这时候，革命党的大首领回来了。

他就是奔走海外的孙中山。孙中山回国后，直接当选民国大总

50. 清朝的覆灭

隆裕后承认逊位
袁世凯推倒清朝

统。时间来到1912年1月1日这天，孙中山在南京发表任职演讲，宣布中华民国正式成立。

民国成立后，国内呼应革命的人越来越多。外国商人也担心城门失火，殃及池鱼，联名拍电报给清政府，请求更改国体。眼看着清政府辞职的官员越来越多，隆裕太后也没了主意，只能把希望全部寄托在袁世凯的身上。

袁世凯作为全权大臣，跟民国政府谈妥了优待清王朝的条件之后，转而又窃取了革命党的胜利果实，当上了民国临时大总统。

1912年2月12日，隆裕太后以太后名义颁布退位诏书，宣布共和，从此便蜗居在皇宫里。清朝覆灭后，整部《清史演义》就此告终。清朝从建国号到宣统帝退位，共计两百九十六年。下面这首小诗可以对这段历史做一个粗略的概括：

清自摄政始，复以摄政终。
顺治推早慧，宣统亦幼聪。
孝庄与孝定，权位毋乃同。
得国由吴力，逊位本袁功。
一往又一复，天道如张弓。
寄语后起者，为国应效忠！
努力惩覆辙，毋以私害公！
皇帝不足贵，何苦效乃翁？